霓裳汉影

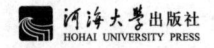

话红楼

潇妃燕 编

河海大学出版社
HOHAI UNIVERSITY PRESS

图书在版编目(CIP)数据

霓裳钗影话红楼 / 潇妃燕编. -- 南京：河海大学出版社，2019.4
 ISBN 978-7-5630-5681-1

Ⅰ.①霓… Ⅱ.①潇… Ⅲ.①《红楼梦》研究②服饰－研究－中国－清代 Ⅳ.① I207.411 ② TS941.742.49

中国版本图书馆CIP数据核字（2018）第260933号

书　　名 /	霓裳钗影话红楼
书　　号 /	ISBN 978-7-5630-5681-1
责任编辑 /	齐　岩　毛积孝
特约编辑 /	李　路　高　焕
封面设计 /	小　乔
版式设计 /	西橙工作室
出版发行 /	河海大学出版社
地　　址 /	南京市西康路1号（邮编：210098）
电　　话 /	（025）83722833（营销部）
	（025）83737852（总编室）
经　　销 /	全国新华书店
印　　刷 /	三河市元兴印务有限公司
开　　本 /	880毫米×1230毫米　1/32
印　　张 /	6.625
字　　数 /	119千字
版　　次 /	2019年4月第1版
印　　次 /	2019年4月第1次印刷
定　　价 /	59.80元

目录

第一章·红楼中丝绸的由来及对旧服饰的处理 / 001

第二章·曹府与大观园 / 018

第三章·命妇服文化衍生的官服文化 / 033

第四章·一寸缂丝一寸金 / 048

第五章·红楼雀金裘和历史上的名贵服饰 / 068

第六章·红楼服饰中的汉服文化及胡服文化 / 084

第七章·云锦与蜀锦勾勒出的壮丽山河 / 111

第八章·红楼蟒袍与古代图腾崇拜、襦裙文化 / 156

第九章·画中走出来的宋锦 / 169

第十章·壮锦和它的美丽传说 / 183

第十一章·僧人服饰文化及各种织布机简介 / 200

第一章 红楼中丝绸的由来及对旧服饰的处理

《红楼梦》是一部涉及了生活方方面面的小说，最让人惊讶的要属其中的服饰。为什么这么说呢，首先要从作者曹雪芹的家庭背景说起。曹府曾经是皇帝的"服装店"，曹雪芹的祖上曾任职过江宁织造和苏州织造。皇帝和后宫娘娘们的衣服，都是出自他们家。虽然到曹雪芹的时候已经家道中落，但是他小时候也是见过皇帝和娘娘们的衣服的。他们家的料子，那可是比寻常人家的米饭还要多的。

曹雪芹笔下的服饰，自然跟那些只为了突出故事情节，凸显男主帅、女主美的服饰完全不在一个档次上，红楼中的服饰可以说是古代服饰的百科全书。书中提到最多的就是丝绸服饰，其中包含了缂丝，各色锦缎，普通的丝绸，还有软烟罗、霞影纱等做窗帘的布料，这些都

霓裳钗影 话红楼

是我们没有听过名字的，但从曹雪芹的笔下我们可以知道这些布料的金贵。

红楼中的服饰搭配也是极为大胆的，我们平时最忌讳的就是红配绿，不是不能这样配，而是这样配的风险太高了，一个不小心就会变成大红大绿的花棉袄，美感没有了，还让人觉得土气十足。但是曹雪芹就敢这样搭配，而且配出来还很好看。

红楼的服饰色彩鲜艳大胆，除了各色丝绸织物让人眼花缭乱，还有很多其他材质的衣服，比如孔雀毛做的雀金裘，野鸭子毛做的凫靥裘，还有常见些的银狐毛，等等。

红楼服饰也刷新了我们对富贵人家服饰的观点，在其他的书或者电视剧里，什么叫作富贵，那就是金屋式的亮堂堂的美，用的都是金银，房间金碧辉煌，穿的衣服也都是描龙绣凤，金光闪闪。

而曹雪芹笔下的四大家族，他们富贵，也不低调，但是他们同样是具备审美的，他们的服饰遵从的是一种低调的华丽，从材质、款式到设计，你便知道这些东西价值不菲，但是它们却不张扬，不刺眼。这就是红楼中的服饰，也是《红楼梦》教给我们的一种上流社会的生活态度。

身处江宁织造府的曹家，见的最多的就是各色的衣服和布料，所以曹雪芹在写书的时候也不吝笔墨，在书中介绍了各种材质花纹的衣服。贾母、王夫人等除了有日常穿的衣服，还有显示品阶的命妇服；王熙凤更是将奢华演绎到了极致，动不动就来一件缂丝的衣服；林黛玉、薛宝钗、史湘云等人的衣服，也是锦缎或者丝绸的；就连丫鬟、小厮们的制服也都是丝织品。冬天还有各色的斗篷，银狐的，野鸭子毛的，孔雀毛的，一件赛一件金贵，只有你不知道的，就没有曹雪芹写不到的。

红楼中出现次数最多的服饰布料就是丝绸，而且都是上等的丝绸，最普通的丝帕也都是上好的丝绸。这也说明在古代，丝绸几乎是富贵人家最常用的一种服饰布料。

在贾府中，丝绸是很平凡的衣料，而我们现代人对于丝绸，却有一种高不可攀的感觉。因为现实生活中，我们用到丝绸的几率真的是太低了，现代人的服饰一般以棉麻为主，冬天会穿毛呢大衣、棉服、羽绒服等等。有一首诗充分说明了丝绸的金贵："昨日入城市，归来泪满巾。遍身罗绮者，不是养蚕人。"在古代，养蚕是一件很普通的事情，穷人为了生活会养蚕，会织布，而这些名贵的丝绸他们却没有资格享用，因为这些丝绸只有富贵人家才穿得起。

即便到了现在，丝绸对我们来说依然是奢侈品，大家都知道它穿着很舒服，冬暖夏凉，但是能够穿天然蚕丝的人依旧是寥寥无几。都知道真丝的旗袍好，穿的人却很少。

现在市场上多见的都是广义的丝绸，只要含有蚕丝成分，有的甚至没有蚕丝成分，都会被称作丝绸。这样的丝绸市面上很多。假如我们去苏杭一带的话，丝绸的围巾、旗袍、扇子、香囊之类的丝织品，随处可见，价格也不是那么昂贵。

而在古代，丝绸就是蚕丝（以桑蚕丝为主，也包括少量的柞蚕丝和木薯蚕丝）织造的纺织品。现代由于纺织品原料的扩展，凡是经线采用了人造或天然长丝纤维织造的纺织品，都可以称为广义的丝绸。而纯桑蚕丝所织造的丝绸，又特别称为"真丝绸"。

丝绸的美不仅是一种工艺之美，也是一种文字之美。关于丝绸的由来，有一个这样的传说，跟我们的祖先黄帝有关。

远古时代有三个部落首领，蚩尤、炎帝、黄帝，三足鼎立。那时候为了统一部落，黄帝先是与炎帝联手，将蚩尤打败了，因此有了炎黄子孙的说法。在他们打败蚩尤的时候，"蚕神"亲自将她吐的丝奉献出来以示敬意。

到了后来，黄帝又与炎帝大战，将炎帝也打败了，统一了所有的部落。在此过程中，黄帝负责四处征战，而他的妻子嫘祖则要保障这些部落子民的生活。那时候的人们还是衣不蔽体，裹着树叶子过日子的。嫘祖看着部落的子民一个个衣不蔽体的，就开始为他们的温暖问题担心起来了，于是黄帝便命人将丝织成了绢，以绢缝衣，分发给子民。

但是蚕神的丝数量是有限的，而部落子民的人数却是与日俱增，对于衣服的需求量也是有增无减，所以嫘祖便去寻找能吐丝的蚕种，采桑饲蚕。她带领着部落的女孩子们养蚕，用蚕茧抽丝，然后编织成布料裹在身上，这布料比树叶更能御寒。经过一次次的尝试之后，她们从中学会了养蚕织布的窍门，就开始渐渐脱离了树叶，有了第一件衣服。后世民间尊奉嫘祖为养蚕的"蚕神"，黄帝为织丝的"机神"。

关于这一段传说，《通鉴纲目外记》记载："嫘祖始教民育蚕，治丝茧以供衣服，而天下无皴瘃之患，后世祀为先蚕。"但这个说法很快又被推翻了。1958年，湖州南郊的钱山漾出土了一批丝线、丝带和没有碳化的绢片。经中国科学院考古研究所测定，确定丝线、丝带、绢的年代为距今4700多年前的良渚文化早期，这是目前世界上发现并已确定的最早的丝绸织物成品。它的发现使湖州丝绸的历史前推了4700年，也推翻了嫘祖发明养蚕的神话传说。

1958年，中国科学家发现距今约5300年（大汶口文化时期）的丝绸织品，再次证明了丝绸的古老历史。

1998年，中国考古学家于河南荥阳青台遗址的一次考古中，发现了距今约5500年的丝绸碎片。由此推出了另一种说法，即河姆渡人可能已经发明了纺织工具。

时代在进步，对于历史的探究也一直在深入，所以丝绸出现的具体年代还在不断更新中，但是根据已有资料，可以推断丝绸的出现至少不迟于良渚文化时期。

丝绸历史悠久，几乎覆盖了所有的朝代，是穿越了历史的文化遗产。随着时代的变迁，丝绸慢慢流传到世界各地，中国作为丝绸之国，也渐渐产生了四大丝绸之都——湖州，苏州，杭州，盛泽。

下面就从城市出发，说说丝绸之都的那些事。说丝绸，就不得不先从它的起源说起，而说到丝绸的起源，就不得不提浙江省湖州市——中国丝绸真正的故乡。

湖州丝绸历史悠久，以上我们所说的丝绸，都是出自浙江湖州，因此湖州丝绸的历史至少可以推到良渚文化时期。湖州至今还保存着与丝绸遗址有关的"织里"等地名，浙江省湖州市素以"丝绸之府""鱼米之乡"著称全国。湖州丝绸有着悠久的历史传统，自远古以来，盛名不衰。湖州丝绸因其精美绝伦远销全国各地乃至全世界，享有"衣被天下"之美誉，期间也经历了艰难而曲折的过程。

春秋战国至南北朝时期，湖州丝绸就已出口十多个国家。至唐朝，湖州丝绸进入鼎盛时期，被列为朝廷贡品。唐朝丝绸之路的真正起点在湖州，现如今湖州还保留着"骆驼桥"等地名，因西域的商人贩卖丝绸都是用骆驼来驮运的，附近的苏杭等地就不存在此类地名。

宋元时期，桑树嫁接技术在浙江湖州已经十分流行，湖桑叶质肥美，是当时最优良的桑树品种，而采用嫁接技术种植桑树，则能够保存桑树的优良品质。这种先进的育桑技术，也使江南的丝茧产量和质量大为提高。

元朝湖州籍著名书画家赵孟頫在《吴兴赋》中，就写有"平陆则有桑麻如云，郁郁纷纷"的诗句。明时，一位诗人在咏湖诗中也写过"桑柔四郊绿"。两首诗都形象生动地概括了春天湖州桑林遍地、绿叶叠翠的景观，点出了湖州蚕桑种植园的经济特色和蚕乡的特色风光。

1292年，意大利旅行家马可·波罗来到湖州，他在游记中写道：

"这里居民温文尔雅，衣绫罗绸缎，恃工商为活。"当时有"蜀桑万亩，吴蚕万机"的说法，吴蚕指湖州蚕丝（湖州又名吴兴），可见湖州丝绸在当时已发展到相当高的水平。而苏州和成都当年则以苏锦和蜀锦闻名。至明代，湖州周边一带，包括苏锡杭等地，乡民兼营纺织，产绵、绸、绢、丝，统称"湖绉"。至清朝，山西晋商就以经营湖州丝绸发家。如今，杭州市场最好的丝绸均是从湖州批发而来。

人说"上有天堂下有苏杭"，这话不仅是说苏杭的风景好，也是在说苏绣的独一无二。苏绣从古代一直流传至今，那种栩栩如生、线条优美的刺绣工艺，一直以来都被人奉为经典。苏有苏绣，人人皆知，而苏绣之所以能有这样鬼斧神工的技艺，这是因为苏州有着得天独厚的丝绸资源，江苏省的苏州市堪称一座"丝绸之府"。

苏州唯亭镇草鞋山出土了6000年前的纺织品实物残片，吴江梅堰又出土了4000年前的大批纺轮和骨针，以及带有丝绞纹和蚕纹的陶，这些都说明了苏州古代先辈很早就掌握了养蚕纺丝的技术。

苏州在上古时期属九州中的扬州，夏禹时就有丝织品土贡"织贝"一类的彩色锦帛。春秋时期吴国公子季扎到中原各国观礼时，曾将吴国所产的缟带赠给郑相国子产。据《史记》记载，周敬王元年（公元前519年），吴楚两国因争夺边界桑田，曾发生大规模的

"争桑之战",说明蚕桑之利在当时经济上具有重要地位。吴国都城设在苏州,三国东吴时,丝帛之饶,衣复天下,苏州丝绸已发展成为"赡军足国"的重要物资。

南北朝时,有日本使者求吴织、缝织女工归,《日本书纪》亦有相应的史实记载。隋唐时,苏州属江南东道,丝绸贡品数量最多,土贡有丝葛、丝绵、八蚕丝、绯绫。韩愈曾说:"赋出天下,而江南居千九。以今观之,浙东西又居江南十九,而苏、松、常、嘉、湖五郡又居两浙十九也。""蜀桑万亩,吴蚕万机"也用来形容长江流域蚕桑纺织业的发达。

两宋时期,据《宋史纪事本末》记载:

徽宗崇宁元年壬午春三月,命宦者童贯置局于苏杭。

苏州、杭州、成都为当时闻名全国的三大织锦院。苏州的宋锦最为著名,又称苏锦。缂丝名家沈子蕃、吴子润也出于苏州。据《吴门表隐》记载,元丰初年(1078年)城内祥符寺巷即建有机圣庙(又名轩辕宫),还有新罗巷、孙织纱巷(今古市巷装驾桥巷之间及嘉余坊)等生产纱罗的地方。虎丘塔和瑞光塔分别出土了五代北宋时

霓裳钗影 话红楼

期的刺绣、丝织经袱和经卷丝织缥头。除了由政府投资的苏州丝绸博物馆之外,位于苏州千年古街山塘街上,还有一个由民营企业苏州瑞富祥丝绸有限公司投资打造的4000多平米的丝绸文化艺术馆。

江南地区人杰地灵,苏杭在丝绸这方面也是不相上下,如果说江苏的"丝绸之府"是苏州,那么浙江的"丝绸之府"一定就是杭州了。虽然丝绸始于湖州,但是被人所共知的还是杭州丝绸。

杭州旧称钱唐(余杭县钱塘村),宋代以前属吴兴郡(湖州)。说起杭州丝绸,要先从一个书法家说起。这个书法家名叫褚遂良,因为唐高宗封他为河南郡公,所以世称褚河南。不过他的祖先确实也在河南,但后来从河南迁到了钱塘,便成了钱塘人。褚遂良的父亲叫褚亮,是陈后主(浙江湖州市长兴县人)的尚书殿中侍郎,后来又入唐,褚遂良最后成了唐太宗的重臣。他是初唐四大书法家之一,同时也是唐太宗最信任的朝臣之一。不过因为反对武则天掌朝,最后被贬到今天的越南,死在了那里。当时褚家后代都被流放到了边远地区,直到武则天死后才被平反。褚遂良的第9代孙褚载从其先家扬州迁到杭州,已经是晚唐了。897年,褚载进士及第。杭州的老百姓传说,就是褚载从扬州迁到杭州的时候,他把扬州的先进丝绸技术也带来了,从此杭州丝绸业才获得长足进步。因此,杭州丝绸行业的人都把褚载当作他们的祖师爷来敬。相传褚家的故居在今天杭州下城区的新华路北段，这个地方旧时称忠清巷，自唐宋以来，一直都是杭州丝绸业的中心区域之一。宋代，丝绸业的人已奉褚载为鼻祖，昔日的褚家祠堂修建成了观成堂。到了清代，后人还为其竖了碑，碑文为："昔褚河南之孙载者，归自广陵，得机杼之法，而绸业以张。"杭州丝织业的圣地在东园巷的机神庙，那里有一块碑，也专门记载了这件事情。

　　江浙一带风景如画，丝绸就是那萦绕在天空中的一抹最美的云彩，这里的丝绸有一种江南女子的婉约脱俗。但是丝绸却不是江浙一带所特有的产物，在那遥远的巴蜀之地，也有一个"中国绸都"，那就是四川的南充市。

　　四川南充是全国四大蚕桑生产基地和丝绸生产、出口基地之一，素有"巴蜀人文胜地，秦汉丝锦名邦"的美称。南充丝绸有3000多年的悠久历史。南充是西部地区唯一一个被中国丝绸协会授予"中国绸都"称号的城市，该市位于四川东北部，是川东北经济、商贸、金融、科教、文化、信息中心，南充目前的绸缎生产销售量、丝绸制成品销售量、丝绸出口创汇，均为西部地区第一名。如今，南充市已具有桑、蚕、种、茧、丝、绸、绢和印染、针织、服装、丝毯、丝绸床上用品、蜀绘丝绸工艺品、丝织机械、丝绸科研、丝绸教学以及内外销售等门类齐全的生产体系,是西南地区最具规模、配套最齐全的茧丝绸产区。

早在周朝的时候,中国已经设立了专门的蚕桑管理机构。到了西汉时期,张骞出使西域,开通了著名的丝绸之路,建立了通往中东和欧洲的通道。丝绸也带着中国文明古国的神秘吸引着欧洲各国,因此还曾经引发了一场丝绸之战。大约在公元前四世纪,中国的丝织品就已经驰名于世。张骞通西域后,中国的丝绸制品开始传向欧洲,欧洲人把这种质地轻柔、色泽华丽的丝织物看作神话中"天堂"里才有的东西。古希腊人干脆称中国为赛里斯(Seres),即丝之国,他们把购丝绸、穿丝绸看作富有和地位高的象征。

据西方史书记载,有一次罗马帝王恺撒大帝穿着一件中国丝绸做成的袍服去看戏,绚丽夺目的王服在剧场内外引起了巨大的轰动,许多人情不自禁地赞道:"真像是一个美丽的梦!"罗马由此掀起了一股竞相购买丝绸的奢侈之风。当时中国的丝绸经波斯商人转手销往罗马,其价格贵如黄金。于是罗马人打算与埃塞俄比亚人联合,绕过高价垄断经营的波斯,从海上去印度购买丝绸,然后东运至罗马。

波斯人得到消息后，便用武力威胁埃塞俄比亚，阻碍他们充当罗马人获取丝绸的中间人。罗马人无奈，只好请与波斯邻近的突厥可汗帮忙调解。据亨利玉尔写的《古代中国见闻录》中记载，公元六世纪，突厥派出了一个由粟特人组成的使团到达波斯，打算与波斯进行一场谈判，希望其能够允许他们的商队在波斯境内自由通过。然而波斯为了独占中西丝绸贸易之利，不但不答应使团提出的要求，还将收购来的粟特商人贩运的丝绢统统烧毁，以表示波斯不愿同突厥人进行谈判的态度；在突厥派出第二个使团时，波斯人还将其大部分使团成员毒害致死，使双方矛盾迅速激化。这个悲剧直接导致东罗马联合突厥可汗于571年征讨波斯，结果双方交战20年之久不分胜负，这就是西方历史上著名的"丝绸之战"。

丝绸在中国被视若珍宝，到了外国也很受人喜爱，很多国家不惜为之交战。在此不得不赞叹古人的精湛技艺，在那个物资匮乏的年代，古代劳动人民凭着织布机，还有自己的双手，惊艳了世界。可是丝绸却也美得令人心醉，在一次次改朝换代的动乱中，丝绸也经过了一场场毁灭性的洗礼。尽管这项技艺并没有失传，我们现在还是能够看到丝绸，买到丝绸，却很难亲眼目睹到当时那些能工巧匠的精湛技艺了。曾经看到过一段资料，中国的考古学家发现了一

霓裳钗影

话红楼

　　件薄如蝉翼的丝绸衣服，人们称之为蝉衣，它轻薄到什么地步呢？将这件衣服折起来可以放到火柴盒里，它的重量只有零点几克，几乎可以忽略不计。而它的用途更加出乎所有人的意料。这就要从古时候的嫁衣说起，古代人的嫁衣可不像我们现在的婚纱，每一件都是珍贵无比的，那是女子所有衣服中最贵重的一件，一针一线都是她们亲手缝制的。而且它的用料一定是最考究的，人生最美的时刻就是做新嫁娘的时候，所以那一定是古代女子所有衣服里面价值最高的一件。

　　如此珍贵的衣服自然要好好保护了，万一结婚的时候风大，被尘土弄脏了，或者是下雨天弄湿了，这该是多么令人心疼的一件事情。所以聪明的古人就想到了一个办法，那就是在嫁衣的外面再套一件蝉衣，蝉衣薄如蝉翼，不会掩盖嫁衣的美丽，同时也能够起到防尘、保洁的作用，美丽实用两不误。后来人们就将这种方法一直沿用下去，但凡是珍贵、美丽的衣服，都会在外面套一件斗篷式的蝉衣。

　　由这一件小小的蝉衣便可知道古人的纺织工艺已经到了出神入化的水平，但是这样的工艺却在千百年的历史变迁中，渐渐没落了。改革开放后，人们开始保护非物质文化遗产，也开始将注意力放在这些工艺匠人身上，挽救了不少珍贵的文化遗产。

上面我们介绍的丝绸虽然非常名贵，但在《红楼梦》中，这样的材质却非常普通，主子们的衣服远比丝绸珍贵多了。这些服饰用料的等级完全不会亚于皇族，除了龙袍之外，都能赶上皇帝平时穿的那些衣服了。普通人可能连见到这些衣料的机会都没有，而在四大家族，这却是他们家常的衣服。

那么他们穿这样珍贵的衣服，又如何对待自己的旧衣服呢，或者衣服坏了会怎样处理呢？

首先来看我们的男主角贾宝玉，他可是个典型的纨绔子弟，不好好读书，愁坏了他的父母，还结交戏子，花钱如流水。为了博得晴雯一笑，他不管那扇子值不值钱，拿来就让美人撕。得了什么奖励，也不管价钱，全部都被小厮们哄抢一空，眼皮也不眨一下。

那他是怎么对待他的天价衣服的呢，是不是穿一次就不要了呢？话说那是在过年的时候，贾母送了一件外国进贡的雀金裘给他，他当下就穿上了。但是刚穿就出事情了，去吃饭的时候被蜡烛烫了个洞，这可急坏了这位富贵公子。吃完饭他马上就回到怡红院，找他的丫鬟们求救。丫鬟们一看也都急坏了，但是她们的第一反应不是扔掉或者是再去找一件相似的衣服，而是趁着天黑，找个老妈妈把这件衣服拿出去，找那些专门织补衣服的匠人修补一下。

可是找了一圈也没有人认识这是件什么衣服，更别说怎么修补了。此时的贾宝玉急得都快哭出来了，但是还是没想过要把这件衣服扔掉，这时候晴雯带着病出来说，这是孔雀毛织的，用界线的方式把线界密进去，大致看不出来。但是这种高超的技艺，别人都不会，只有她会。为了自己心爱的宝玉，晴雯硬是带病连夜把这件衣服给修补好了。

这是对待坏了的衣服，那么那些已经不穿了的旧衣服，他们又是怎么处理的呢？

王夫人年纪大了，以前的衣服现在穿不了了，但是她并没有将这些衣服扔掉，而是把它们都收起来。袭人在王夫人跟前进言，办事得力，王夫人觉得这是个贴心的，所以就将自己不能穿的衣服赏给了她，就连秋纹也因为这件事情沾了光，刚好碰到王夫人在那里找以前的旧衣裳，王夫人心情大好也赏了她两件。丫鬟们也没有因为这是别人穿过的旧衣服不高兴，反而觉得是莫大的荣幸，开心得很。而王夫人作为主子，赏赐东西给下人是给了对方一份殊荣，不仅腾出了衣柜，对方对她也是感恩戴德。两全其美，何乐而不为呢？

将自己不穿了的衣服赏赐给下人,并不只有王夫人一个,王熙凤也曾将不穿的衣服送过人。袭人的母亲病重的时候,袭人申请回家,王熙凤看见她身上穿着桃红百子刻丝银鼠袄子,葱绿盘金彩绣锦裙,外面穿着青缎灰鼠褂。这些都是王夫人赏赐的,好是好,但是不够惊艳,而且大冬天的穿着也冷,于是她就将自己的猩猩毡赏给了袭人。她又想起之前在大观园赏梅作诗的时候,邢岫烟也穿得寒酸,所以也送了她一件。
　　贵而不奢,不随意浪费,曹雪芹写出了真正的贵族式生活。

第二章 曹府与大观园

说红楼最绕不开的就是曹雪芹,尽管关于《红楼梦》作者是谁的争议颇多,红楼的故事也是公说公有理,婆说婆有理。有人说是顺治皇帝跟董鄂妃的故事,也有人说是纳兰容若的故事,等等。有人说作者是吴梅村,有人说是李渔,也有人说是洪昇,等等,一直也没有盖棺定论。但是普遍认可的是,红楼前八十回是曹雪芹写的,后四十回是高鹗续写的。

《红楼梦》具体讲述了贾府由兴盛至衰败的过程,由贾府牵扯出了贾史薛王四大家族,还有跟他们往来密切的甄家、北静王府等一些家族。当然其中人物的主要活动地点还是在贾府,姑娘们的主要活动地点则是在大观园。

这是历史上少有的以女性为主体的小说,所以很大篇幅都是在写女性之间的故事。而这些女性所在的贾府，是金陵有名的四大家族之一。小说中门子曾经给了贾雨村一张护官符，上面写着：

贾不假，白玉为堂金作马。阿房宫，三百里，住不下金陵一个史。东海缺少白玉床，龙王来请金陵王。丰年好大"雪"，珍珠如土金如铁。

这说的就是金陵最富贵的四大家族，而这四个家族彼此之间又有姻亲关系，比如荣国公的儿媳妇就是"阿房宫，三百里，住不下金陵一个史"中的史大小姐，她出场的时候已经是老太君了，而她的儿子娶的正是"东海缺少白玉床，龙王来请金陵王"中的王家小姐，这位王小姐也就是贾宝玉的母亲王夫人，而她的妹妹嫁的就是"丰年好大雪"的薛家，她的侄女嫁的就是丈夫贾政哥哥贾赦家的儿子贾琏，亲上加亲，两家的关系也就更加亲密了。贾府的关系网远不止这一点点，他们跟江南甄家的关系也是极好的，这甄家据文中所说还曾经接过驾，家中也曾出现过贵妃，是真正的皇亲国戚。当然贾府在这方面也是不甘示弱的，王夫人的女儿元春也荣升为贤德妃，荣耀无上。

霓裳钗影 话红楼

　　《红楼梦》以贾府为主线，从贾府延伸出来，才牵扯出了四大家族，以及甄府、北静王府，等等。而贾府中，不管是荣国公还是宁国公都是武将出生，在战场上发家，最后官拜国公爷，好不风光。书中的宁荣二府占了两条街，好不气派，大观园更是奇珍异宝齐聚，开篇说已经落败，剩下个空架子，但瘦死的骆驼比马大，贾府仍旧繁荣得很。小说中的贾府荣耀至此，历史上的曹府也曾上演过一段草根逆转的传奇。

　　曹府繁华的历史要从曹雪芹的曾祖父曹玺说起，他的出身并不高贵，甚至可以说是低贱，他原本是个包衣奴才。这里先大致介绍下清朝的阶级制度，电视剧中拍摄清宫戏的时候常常会说到八旗子弟，八旗分别为正黄旗、镶黄旗、正白旗、镶白旗、正蓝旗、镶蓝旗、正红旗和镶红旗，其中地位最显赫的就是正黄旗，因为爱新觉罗就是正黄旗。八旗都是满蒙的贵族，所以在清朝的时候满蒙是贵族，汉族虽然人多，但是地位不高。

　　而曹玺是汉族，所以他家世代都是满族的奴才，是正白旗的包衣奴才。这里再普及下奴才跟臣子的概念，举个简单的例子，和珅跟纪晓岚，和珅是满族人，但是他的出身不高，是爱新觉罗家的奴才，所以不管他的官位多高，在皇帝面前一直自称奴才。而纪晓岚是汉族，但是他的家境一直十分好，后来做了官，在皇帝面前称的是臣。这点在电视剧《铁齿铜牙纪晓岚》中就有体现。（当然，还有种说法是，满族官员跟汉族官员在称呼上都是有差异的，满族称奴才，汉族称臣。）

曹玺的出身低微，但是他的机遇却非常好，他遇上了一个很特别的贵人——多尔衮。多尔衮的故事大家都不会陌生，不管是在电视剧中，还是在野史中，有关多尔衮的描述还是比较多的。他帮助顺治称帝，最后却因为野心太大，不得善终。而就是多尔衮的垮台，让曹玺有了重生的机会。当时在多尔衮府中当差的曹玺被皇帝收编，从王府看家护院的普通护卫，一跃成了内廷二等侍卫。从此他的人生就像是开挂了一般。内廷是皇帝居住的地方，在天子身边当差，这是多少人梦寐以求的机会。好男儿志在四方，保家卫国争功勋，带兵打仗他这辈子是没什么希望了，但是得到上天眷顾，可以在这样的地方当侍卫，这就是天赐良机。曹玺牢牢抓住了这个机会，他在内廷尽忠职守，一步一步得到了皇帝的认可，逐渐开启了他的灿烂人生。

他很快就得到了皇帝的信任，成为皇帝身边的红人，与此同时，他的妻子也十分争气。康熙出生之后，按清朝的制度，凡皇子、皇女出生，一律在内务府三旗即正黄、镶黄、正白三旗包衣妇人当中，挑选奶妈和保姆。此时曹玺的夫人孙氏，被选为康熙的保姆。从此，曹家与皇帝的关系也就更加亲密了。

  因为办事得力，再加上跟皇帝关系密切，康熙二年，正担任内务府营缮司郎中的曹玺被任命为江宁织造，负责织办宫廷里和朝廷官用的绸缎布匹，以及皇帝临时交给的差事，充任皇帝的耳目。由于曹玺忠实勤奋、办事利落，康熙对他更加宠信，又赏蟒袍，又赠一品尚书衔，并亲手写"敬慎"的匾额赐给他。曹玺开启了曹家的富贵之路，他在外面办事得力，而他的夫人又是康熙的保姆，曾经是康熙身边最亲近的人之一，这种亲密的关系，将曹家推上了繁荣之路。

  曹玺开启了曹家的辉煌，而将这辉煌更上一层楼的是他的儿子曹寅。康熙二十三年，曹玺积劳成疾，死在工作岗位上。康熙南巡至江宁（今天的南京）时，亲自到织造署慰问曹玺的家属，还特派了内大臣去祭奠他。

  曹玺的病逝并没有就此结束曹家的繁荣。在他死后，他的儿子可以说是青出于蓝而胜于蓝。曹玺尽管是武将出身，但是他也知道如今天下太平，相比武将，文官更有前途，所以他的儿子自小笔墨不离身，是一个文武全才。13岁前后，曹寅就成为了康熙的伴读，数年的伴读生涯使康熙对曹寅建立了充分的信任。他们是从小一起长大的君臣，感情堪比兄弟，兄弟之间还会勾心斗角，尔虞我诈，而曹家作为康熙阵营的坚定维护者，自然是要比兄弟更让康熙信任的。两人从小关系就非常好，因为祖上的这层关系，曹寅在小的时候就已经很受康熙的喜爱。

有了父亲的铺垫，曹寅的人生更加一帆风顺，青云直上。青年时代的曹寅文武双全，风姿英绝，二十多岁便被提拔为御前二等侍卫兼正白旗旗鼓佐领。清代初期，御前侍卫和佐领都是十分荣耀的职务，正黄、镶黄、正白三旗乃皇帝自将之军，曹寅能任此要职，显然是康熙对这位文武全才的伴读特别关照的结果。

因为小时候的情谊，曹寅的年纪越大就越受康熙的器重，所以在他父亲去世的时候，康熙二话没说就让他沿袭了乃父的职位。那是康熙二十三年六月，曹寅的父亲，时任江宁织造的曹玺在任上病逝。"是年冬，天子东巡抵江宁，特遣致祭；又奉旨以长子寅协理江宁织造事务。"曹玺死了，康熙接到消息之后就亲自到江宁去奔丧，探望他的家人，然后又让曹寅协理江宁织造府的事务。没过多久，康熙二十九年四月，曹寅被康熙提拔为苏州织造。

康熙对曹寅是真的好,不仅是对曹家好,对跟曹家有关的人也非常好。曹寅当时娶的夫人就是畅春园总管李煦的妹妹,这位李夫人也是一位非常了不起的女性,她的婆婆曾经是皇帝的保姆,她超越了自己的婆婆,一跃成了皇帝的奶妈。曹家的这对婆媳都非常了不起,说到这两位夫人,可能很多人的第一反应就是,她们一定就是《红楼梦》中贾母和王夫人的原型了,但其实并不是这样的。

孙氏孙夫人确实是贾母史老太君的原型没错,但是李夫人却不是王夫人的原型,而是李纨的原型。下面简单作下介绍,首先是非常了不起的孙夫人,她跟贾母一样,丈夫去世了带着儿子过生活,儿子成家立业之后,就喜欢带着孙子孙女热热闹闹地生活。孙夫人也是一样的,丈夫去世了,她有儿子,儿子去世了,她还有孙子,这是个打不倒的老太太。她经历了曹家的兴盛衰败,经历了白发人送黑发人的撕心裂肺之痛,但依旧能够岁月静好。这也就是为什么曹雪芹笔下的贾母是那样一个慈眉善目、乐观向上的长辈形象。

说完孙夫人,接下来再说说李夫人,那是怎样的一个女人呢?她虽然出身名门,也曾经跟皇家扯上过关系,但是她的生活却不是一帆风顺的。她跟曹寅结婚没多久,就成了寡妇,人说"女人干得好,不如嫁得好",眼看着自己的幸福戛然而止,从此没有了指望。

好在，此时她已经有了曹寅的孩子，这个孩子就成了她所有的希望，她将所有的一切都押在了这个孩子身上，希望这个孩子可以出人头地，将她送上人生的又一个高峰。

这是现实中的李夫人，现在来看看红楼中的王夫人。虽然她是贾母的媳妇，系出名门，也有儿子，还有个衔玉而生的儿子，但是她没经历丧夫之痛，虽然她的一个儿子死了，但是她还有另一个儿子，她没有心如死灰地活着，她的生活依旧是多姿多彩的。她跟着贾母、王熙凤笑着、乐着，也会为了宝玉担心、生气、哭泣，活脱脱一个中年少女的状态。

反观李纨，她是大观园中唯一的一个寡妇，整天带着小姑子们做做针线活，守着自己的儿子生活。李纨的生活如同一口枯井一般，除了指望自己的儿子改变命运，什么都指望不上。她表面上恬静寡淡，其实内心有着强烈的欲望。就如同李夫人一般，丈夫的事业被族弟沿袭，心中难免不满，后来又遭遇家庭变故，更是抑郁难言。想要东山再起，只能将希望都放在儿子的身上。相似的经历造就了类似的人生，所以说李纨的原型才是李夫人。

说完两位夫人，再说说李夫人的哥哥李煦。李煦也是因为跟曹家关系亲近，所以受到了康熙的特殊照顾。康熙三十一年十一月，曹寅被调任江宁织造，其所遗苏州织造一缺，由其内兄李煦接替。康熙四十二年，曹寅与李煦奉旨十年轮管两淮盐课。次年七月，曹寅被钦点巡视淮鹾，十月就任两淮巡盐御史。曹寅一生两任织造，四视淮盐，任内连续五次承办康熙南巡接驾大典，其实际工作范围远远超过了其职务规定，所受到的信任与器重也远超地方督抚。

　　介绍完男人和他们的夫人们，接下来介绍下曹家跟红楼中的女儿们。贾府中身份地位最高的就是两位王妃，一位是皇帝的贤德妃元妃，另一位就是和亲的藩王妃探春。

　　贾府前期的繁荣也有元春很大一部分功劳，毕竟她是皇帝的枕边人。曹府中虽然没有出过贵妃，却也有两位很了不起的王妃，这两位王妃正是元春跟探春的原型。首先是大姐元妃，在冷子兴说贾府的时候，就说了贾元春原来是被送进宫做女史去的。而在秦钟病死一节中，她就已经入主凤藻宫，被册封为贤德妃，后面才有了大观园，才有了姐妹诗社，以及共读西厢、黛玉葬花、宝钗扑蝶、晴雯撕扇、湘云醉酣等情节。而现实中曹府的女儿也不差，曹寅有两个女儿，萧奭《永宪录续编》载：

　　　　寅，字子清……母为圣祖保母。二女皆为王妃。

康熙四十五年，曹寅长女嫁平郡王纳尔素为妃；康熙四十八年，次女嫁某蒙古王子为妃。

这是贾府跟曹府中地位最高的四个女人，可《红楼梦》中当然不只有这么几个女人，光金陵十二钗正册就有十二位女子，还有副册、又副册等等，再加上小丫鬟老妈子不下百位。下面来说说女中豪杰史湘云，这是很多红楼迷都非常喜欢的一个人物，也是已逝红学家周汝昌先生特别喜欢的一个人物。很多人说史湘云的原型就是脂砚斋，是那个陪在曹雪芹身边的最后一个女人，是他的续弦，当然这些多是推测。

接下来说说红楼第一女主角林黛玉。关于林黛玉的争议其实也颇多，有人说是董鄂妃的原型，也有人说是纳兰的表妹，所以有人续书写林黛玉最后嫁给了北静王，因为纳兰的表妹最后是进宫当了妃子的。但是比较多的人认为林黛玉的原型是曹雪芹的表妹，是他的第一位夫人，也是一位爱哭的女孩子。她自小就跟曹雪芹认识了，两人也是青梅竹马，情投意合。

小说中的林黛玉才华横溢，是个典型的小家碧玉，她爱哭，跟贾宝玉自小就定情了，也是贾宝玉的表妹。两人的感情之路非常坎坷，林黛玉因为身体不好，红颜薄命。而曹雪芹跟他的小表妹之前也是感情坎坷，唯一不同的是现实中他们最后结婚生子了，但是因为孩子早夭，最后小表妹也是早早离世了。

说完女主角，再说说男主角贾宝玉。贾宝玉在书中是一个从小喜欢待在女人堆里，喜欢胭脂水粉，特别讨厌八股和正经文字的混世魔王。他是红楼中的一个奇葩，他混在女人堆里，喜欢女人，但是却不淫秽。他跟林黛玉真心相爱，可以为了她出家做和尚。而童年曹雪芹淘气异常，厌恶八股文，不喜读四书五经，反感科举考试和仕途经济。虽有曹頫严加管教，请了家庭教师，但因祖母李氏溺爱，每每护着小曹雪芹。幸而曹家家学渊深，祖父曹寅有诗词集行世，在扬州曾管领《全唐诗》及二十几种精装书的刻印，兼管扬州诗局。所以曹家藏书极多，精本就有3287种之多。曹雪芹自幼生活在这样的环境中，接受父兄教育、师友规训，博览群书，尤其爱读诗赋、戏文、小说之类的文学书籍，诸如戏曲、美食、养生、医药、茶道、织造等百科文化知识和技艺莫不旁搜杂取。

也亏得曹雪芹小时候曾经有过一段富贵时光，那时候他虽然不喜欢八股，但因为家中的藏书众多，他也喜欢看书，自小就是在书堆中长大的，见过的文字多了，家中精品也多，学到的知识自然也就比别人丰富了很多，这才有了这么一部鬼斧神工的《红楼梦》。

贾府与曹府的相似不仅体现在富贵上，还体现在人物的身份、性格、结局等方面。贾府靠着祖上的阴德庇护，再加上各大家族之间的相互扶持，曾经到达了荣耀的顶峰，而曹府也在曹玺等人的悉心经营下，获得了无上的风光和荣耀。

到了贾政贾赦这一代，贾府已经开始没落了，再加上这些纨绔子弟整日游手好闲，无所事事，贾赦等人官官相护，作奸犯科，到头来落得个抄家的结局。树倒猢狲散，没有几个人能得到善终。

而曹府呢，虽然说给皇帝办事，中间的油水不少，但是皇帝花钱也是大手大脚的，总是拆了西墙补东墙也不是个事。早年间，皇帝多少还念点前人的情分，睁只眼闭只眼就算了。到了曹寅这一代，他的日用排场，应酬送礼，特别是康熙五次南巡的接驾，等等，给曹寅造成了巨额亏空。可以说，曹寅已经给曹家种下了衰败的祸根。

康熙四十八年十二月初六，两江总督噶礼参奏曹寅，密报康熙说，曹寅和李煦亏欠两淮盐课银三百万两，请求公开弹劾他。康熙把曹寅看成是"家人"，噶礼要求公开弹劾曹寅，康熙没有批准。但事关重大，康熙不得不私下谆谆告诫曹寅和他的大舅子李煦，必须设法补上亏空。但曹寅面对茫茫债海，已经无法弥补，更没有能力挽回局面。康熙五十四年，又查出曹寅生前亏空织造库银三十七万三千两。康熙只好再次安排,让两淮盐政李陈常和李煦代为补还。

到了康熙五十六年,李陈常和李煦才总算把这笔账补上。康熙照顾曹家,是看在曹玺和曹寅的情分上,但到了曹頫这一辈,就疏远、淡漠了许多。康熙曾经明确对曹頫说:"念尔父出力年久,故特恩至此。"康熙六十一年,因李煦、曹頫拖欠卖人参的银两,内务府奏请康熙,严令李煦、曹頫将拖欠的银两在年底之前交清,否则就严加惩处,康熙当即就批准了。显然,这与康熙以前对曹寅的态度,已是决然不同了。

雍正上台以后,接连颁布谕旨,开始在全国上下大张旗鼓地清查钱粮,追补亏空。他一再表示:我不能再像父皇那样宽容了,凡亏空钱粮官员一经揭发,立刻革职。仅雍正元年,被革职抄家的各级官吏就达数十人,与曹家既是亲戚又患难与共的苏州织造李煦,也因亏空获罪,被革职抄家。

但一开始雍正并没有把曹家与李煦一起治罪,而是允许他将亏空分三年还完。曹頫自身的亏空尚未补完,又增加了曹寅遗留的亏空,只好多方求人托人。雍正为防止有人吓唬敲诈曹頫,特地向曹頫下达指示:"乱跑门路,交结他人,只能拖累自己,瞎费心思力气买祸受；主意要拿定，安分守己，不要乱来，否则坏朕名声，就要重重处分，怡亲王也救不了你！"雍正皇帝的这个朱批特谕，说明他对曹頫还是出于好意的。

雍正五年，曹雪芹十三岁，这年十二月，时任江宁织造员外郎的叔父（一说父亲）曹頫以骚扰驿站、织造亏空、转移财产等罪被革职入狱，次年正月元宵节前被抄家。曹雪芹随着全家迁回北京。曹家从此一蹶不振，日渐衰微。

刚回北京时，曹家尚有崇文门外蒜市口老宅房屋十七间半、家仆三对，聊以度日。可是为了偿还骚扰驿站案所欠银两以及填补家用，曹家不得已将地亩暂卖了数千金，有家奴趁此弄鬼，将东庄租税也指名借用些。再后来，亏缺一日重似一日，一家人难免典房卖地，更有贼寇入室盗窃，以致连日用的钱都没有，被迫拿房地文书出去抵押。曹家终沦落至门户凋零，人口流散，数年来更比瓦砾犹残。曹雪芹为着家里的事，越发弄得话都没有了，"虽不敢说历尽甘苦，然世道人情，略略地领悟了好些"。

雍正末期，曹雪芹一年长似一年，开始挑起家庭重担，渐渐地能够帮着曹頫料理些家务了。因曹頫致仕在家，懒于应酬，曹雪芹就出来代为接待，结识了一些政商名流和文坛前辈，在他们的影响下树立了著书立说、立德立言的远大志向。他把少时那一派迂想痴情渐渐地淘汰了些，为了家族复兴而努力奋斗，一度勤奋读书，访师觅友，多方干谒朝中权贵。

乾隆元年，曹雪芹二十二岁，谕旨宽免曹家亏空。乾隆初年，曹雪芹曾任内务府笔贴式差事，后来进入西单石虎胡同的右翼宗学（旧称"虎门"）担任一个不起眼的小职位。

第三章 命妇服文化衍生的官服文化

《红楼梦》多写贾府中人的日常，遇大事时，比如贾母过寿，元妃省亲，或者中秋佳节，也有几处大场面的描写。

红楼中真正的大场面有四处，按照时间顺序来看，第一处就是秦可卿的丧礼。秦可卿是贾蓉的妻子，算不上贾府中地位最高的人，辈分也不高。但是他的公公贾珍却要把她的丧礼大办特办，为此他还给自己的儿子贾蓉捐官，目的就是要抬高秦可卿的身份，把她的丧礼规格也提升起来。

古代等级制度严格，很多事情并不是你有钱，就能够为所欲为的，你的身份决定了你的荣耀。所以贾珍想要大办儿媳妇的葬礼，把规格提高，首先就要提高她的身份。同样的事件在《金瓶梅》中也有体现，西门庆为了把李瓶儿的丧礼办大，也给自己捐官提高身份。而贾珍更是为了儿媳妇的丧礼，请王熙凤协理宁国府，整出了好大的一番动静。这是红楼中的第一处大场面，这场丧礼来的达官显贵数不胜数，送殓的队伍也是浩浩荡荡的，还在路上遇到了北静王的队伍。这样气派的场面，就是贾珍自己的父亲去世的时候也是没有的。

第二处大场面就是元妃省亲，为此贾府重新设计改造府邸，才有了金光闪闪的大观园。宁荣二府更是出动了大量的人力物力，又是买戏子，又是买尼姑的，好不繁忙。省亲当天所有的人都忙得不亦乐乎，宫里的队伍浩浩荡荡，一家子人凝神闭气，就等着这样一个千载难逢的团圆机会。那花的钱绝对是珍珠如土金如铁，流水的银子花出去，眼睛都不眨的。

接下来就是清虚观打醮，这是女人们的一大乐事，那些平时大门不出二门不迈的女孩子们，在这次的出行中终于可以看看外面的世界。这场面虽然没有上面两处那么大，但也是出动了贾府所有的男男女女们，先是打理好清虚观的一切，随后是保证这些小姐丫头的安全，各种忙碌，又是一次全体总动员。

第四处应该是探春远嫁，其实这一处并没有出现在前八十回中，但是在前面的回目中也有所提示。群芳宴的时候，探春抽到了杏花，预示了她将是王妃的命运。而她的判词以及那首红楼梦曲子《分骨肉》，都揭示了她最后的命运是离开父母远嫁的。由此可以推测出，探春最后嫁给了藩王做王妃。这也是高鹗续写以及大部分人都比较认可的一个结局。

87版电视连续剧《红楼梦》中，探春远嫁的桥段更是拍得细致入微。探春别过自己的亲人，穿着红色的嫁衣，凤冠霞帔，满眼含泪，她的母亲赵姨娘此时也是泪渍点点，没有了往日的泼妇样。她跪着拜别自己的亲人，在贾宝玉的陪同下登上了远行的船只。

当时的贾府已经没落，所以探春出嫁时候的排场应该没有元妃省亲和清虚观打醮那么热闹非凡，但是这桩婚事影响着国家与番邦之间的安定，自然也是不容小觑的。

这四处场景中，出殡是丧事，来往的宾客自然都是素服，而清虚观那一回，虽说是去求神拜佛，其实无外乎就是贾母带着孩子们出去玩玩、散散心，属于普通的家庭出游，热闹却也算不得庄重。其他两回都是直接与皇帝和朝廷挂钩的，庄严肃穆，服饰自然也不是一般的家常服饰。元春省亲这一段就提到了贾母等人的命妇服，虽然只是一笔带过，但也透露出许多信息。先看元春才选凤藻宫一节中的描写：

霓裳钗影

话红楼

  贾母等听了方放下心来，一时皆喜见于面。于是都按品大妆起来。贾母率领邢、王二夫人并尤氏，一共四乘大轿，鱼贯入朝。贾赦、贾珍亦换了朝服，带领贾蔷、贾蓉，奉侍贾母前往。

再看看元妃省亲时贾母等人的装扮：

  至十五日五鼓，自贾母等有爵者，俱各按品大妆。

这两段话里，曹雪芹用四个字描述了贾母等人的妆扮——按品大妆。

从古到今，做官都是分品阶的，现在用的是局长、科长、主任等，古代则用员外、侍郎、丞相等。官名可能有些难记，还有一个更好记的方式，那就是按品阶，从一品到九品，再到不入流，等级制度严格。这是男人的阶层，女人的阶层也是一样的。宫里的女人有位份高低，宫外的女人也是如此。

在《红楼梦》中，贾母、王夫人、邢夫人、尤氏等都是有品阶在身上的，她们虽然没有入朝为官，但也有自己的制服。在介绍女人的诰命服之前，先介绍下古代男子的朝服。

官服上会有不同的图案，有仙鹤，有鸟，有龙，等等，不同的动物表示了不同的品阶。这种带有图案的官服叫作补服，是在明朝才有的，而明朝之前的官服，有的是靠颜色区分，有的是靠样式，区分方式也是相差甚远，下面作一简单介绍。

商周时期代表身份尊卑的是礼服，礼服代表当时最高级的服饰式样。衣服有长及足部的长袍，也有分为两截的上衣下裳。衣，一般是窄袖、紧口、领子缘有宽边，以对襟为主，也有偏衽的式样。裳是长齐小腿的裙子，腰间束带，腹前悬挂一块长方形的"黼黻"。当时没有裤子，只在小腿上缠绕裹腿，古人叫作"行滕"或"邪幅"。脚上穿各种材料制的鞋子。头上戴的，是贵族男子专用的冕、冠、弁等"头衣"。

在寒冷的冬天，人们要加穿各种兽皮制成的皮裘。贵族的礼服大多是狐皮裘袍，特别是白色的狐裘，极为珍贵。贵族们为显示礼仪，就在毛裘外面罩上丝织的锦衣，叫作"裼"。有时在裼衣上还可以再加上一层外衣，叫作正服，这是在重大礼仪中穿的礼服外衣。当时的人们还没有统一定制的概念，他们的礼数繁杂，等级制度严格，所以对于服装的制式也是要求严格，每一个阶层的衣服都有严格的标准，当时的贵族礼服样式是区分品阶的重要标准。

这样的区分方式演变到周代，开始有了更加细致详细的区分方式，也开始对天子的服装有了独一无二的规定，周代的帝王礼服由衮、冕、黻、带、裳、幅、舄、衡等服饰组成。衮，是绘制或刺绣有各种图案的彩色上衣。冕，是帝王戴的顶上有平版的冠帽。黻，又叫蔽膝，是腹前悬挂的长方形织物。带，指用皮革制作或丝线编织的腰带。裳，是下身穿的长裙。幅，又叫邪幅，是缠在腿上的布带。舄，是金线和红线编织的厚底鞋。衡，是用来固定冠冕的头饰。

帝王礼服的装饰品和专用花纹，大概也是从周代开始有了具体规定。帝王的服装花纹共分成12种，如有龙纹、山纹、华虫纹、宗彝纹、藻纹、火纹、粉米纹、黼纹、黻纹等。这些花纹，只有在天子的服装上才会全部出现。诸侯们只能使用龙以下的纹样，士用藻纹与火纹，大夫的服装上可加上粉米纹。周代用花纹区分等级，有些类似于清代的官补纹样区分，但也有不同，清代更加详细繁杂，不仅在衣服上，在配饰各方面都有严格的要求。

这种区分方式到了秦朝被彻底推翻，推翻它的人不是别人，就是秦始皇嬴政。他灰暗的童年，离奇的身世以及并不出众的长相造就了他扭曲的心理。他有过壮举，一统六国，统一了钱币制度，也有过毁灭性的行为，焚书坑儒，弑杀亲人。也许是他的自卑感作祟，所以他一统天下之后，立马废除了原有的六种冕服，仅留下一种黑色的玄冕供祭祀时使用。

秦始皇对旧礼制进行了彻底破坏，使得直到汉代初年仍没有统一的礼服、制服。西汉的官服，只不过是一种长袍而已，而且官员一年到头都要穿黑色的袍服。官服相同，只能靠冠帽以及佩带来区分官职的不同和高下。

秦始皇的这次废除礼制影响甚大，乃至到了魏晋南北朝时期，帝王百官的礼服和官服依旧沿袭汉代的式样，直至隋唐时期才有了重大改变。隋唐的帝王官员礼服制度十分完备，形成了等级森严的制度。隋开皇年间改革了北周的冕服形式后将它定型，唐代则因循了隋代的定制。在隋代末年，隋炀帝下令用颜色来区分官员和平民的衣着，限定五品以上的官员可以穿紫袍，六品以下的官员分别用红、绿两色，小吏们用青色，平民用白色，屠夫商人只许穿黑色衣服，士兵穿黄袍。

唐朝在隋朝的基础上做了更加详细的区分。在服饰的样式上，唐武德四年始颁布衣服诏，规定了皇帝的服装共12种，其中冕服依照周制定为6种。群臣的礼服有10种。大臣们穿礼服时，除冕以外，还使用其他4种冠服。这些冕服只在盛大的典礼中穿。在其他的日子里，皇帝和百官都另外穿统一规定的朝服、公服及常服。朝服，是朝见时穿的服装，只限七品以上的官员穿用。公服又叫省服，它与朝服基本相同，但更为简便一些。常服以襕衫为主，是一种圆领窄袖、左右开衩的长袍。

官服的颜色此时也有了更加详细的区分：三品以上紫袍，佩金鱼袋；五品以上绯（大红）袍，佩银鱼袋；六品以下绿袍，无鱼袋。官吏有职务高而品级低的，仍须按照原品服色。如任宰相而不到三品的，其官衔中必带赐紫金鱼袋；州的长官刺史，亦不拘品级都穿绯袍。这种服色制度到清代才完全废除，只在帽顶及补服上区分出品级。简言之，清代公服原则上都是蓝色，只在庆典时可以用绛色；外褂平时都是红青色，素服时改用黑色。

宋朝对这样繁杂的服饰制度做了微调。宋代的官服仍分为祭服、朝服和常服三种。祭服维持唐代的式样，但各种等级略有降低。宋初，朝服的式样仍与唐代朝服相同，仅将进贤冠的梁数做了改变，由二梁开始，直至五梁。到元丰二年，宋神宗废除了隋唐以来依照官员品级确定冠绶的规定，改由官员职位决定服饰，共分为七等冠绶。从宋代开始，官员穿朝服，必须在脖子上套一个上圆下方的饰物，叫作方心圆领。

到了元代，官服又一次从复杂走到了简单，元代的服饰保持了蒙古人服饰的特点，只是在唐宋官服式样的基础上确定了和它们大致相似的冕服、朝服和公服。

历史上官服最复杂的要数清朝。除了服饰纹样细致复杂，就连配的朝珠、顶戴花翎也是大有讲究，而这一切的灵感来源就是明朝的官服。明朝除了吸取唐宋时期的颜色区分，还联系周朝的纹样制度，发明了官补。官补除了区分等级，也将文官与武官区分开来。

在介绍官补纹样之前，先解释下什么是补服。补服，是加在蟒袍之外的外褂，正中用金线绣织鸟兽形的正方形图案。当然也有龙凤图案，龙凤是皇室专用，皇帝的龙袍自然是龙，真龙天子，皇后以及王妃是凤袍，以凤凰的大小和数量区分，清朝的时候皇后的凤袍纹样是凤穿牡丹的图案。古代五爪为龙，四爪是蟒，皇帝穿的是龙袍，王爷一般就是蟒袍了；公、侯、驸马、伯的是麒麟、白泽。再往下就不能用这些图案了，百官们的官补纹样就是一个成语——飞禽走兽，文官的官补是飞禽类的，都是鸟形图案，武官的就是走兽类的。

文官的具体图案是：一品仙鹤，二品锦鸡，三品孔雀，四品雪雁，五品白鹇，六品鹭鸶，七品为鸂鶒，八品鹌鹑，九品练雀，（也有说八品黄鹂，九品鹌鹑）未入流为黄鹂。

武官的具体图案是：一品麒麟，二品狮子，三品豹，四品为虎，五品是熊，六品、七品为彪，八品犀牛，九品海马，杂职是练鹊，风宪官（御史和按察史等监察、司法官员）是獬豸，因为古人认为"獬豸"是一种神羊，能辨曲直。

明清两代的官补分类大同小异，只是明朝还有补子图案为蟒、斗牛等题材的，应归属于"赐服"类。

相比较其他朝代，清朝的官服制度更加复杂。除了官服，连配饰、官帽也都是大有讲究的。在清朝剧中，我们常常会听到一个词语"顶戴花翎"，有功者皇帝就赏赐他几品顶戴花翎，犯事了就革去顶戴花翎。其实顶戴跟花翎是两个东西，但它们都是帽子上的装饰品。

清朝官员的帽子有两种样式，一种是圆形，有一圈檐边，这是秋冬使用的暖帽，材质上多用皮、呢、缎、布，多黑色，中有红色帽纬，帽子最高处有顶珠，其材料多是宝石，有红、蓝、白、金四色。还有一种是斗笠式的，前后期会有所差别，初期扁而大，后期小而高，这是凉帽，所以材质上多用藤、篾席，外裹绫罗，多为白色，也有湖色、黄色，上缀红缨顶珠。

古代官员使用的这两款帽子都是分季节的，防寒降暑，是有功能性的，而非电视中一部剧就用一种款式的帽子。古人对于这些东西的使用是非常谨慎的。

不管是凉帽还是暖帽，在帽子的顶部都有帽顶，有的有顶珠，有的没有，这就是顶戴。不同材质、不同颜色的顶珠代表着不同的品阶。从颜色上分：一、二品都是红色的，三、四品都是蓝色的，五、六品都是白色的，七品以下为金色。在同色中，各品的顶戴又有区别：一、二品有纯红和杂红之分，三、四品有亮蓝和暗蓝之分。

颜色不同，材质也会有所不同，从材质上分：一品为红宝石，二品为珊瑚，三品为蓝宝石，四品用青金石，五品用水晶，六品用砗磲，七品为素金，八品用阴纹缕花金，九品为阳纹镂花金，无顶珠者无官品。除了官员之外，还有一类特殊的人群，他们还没有入朝为官，但是他们也有顶戴，那就是那些天子门生，那些有功名在身的学子，其中进士、举人、贡生都戴金顶，生员、监生则戴银顶。

顶戴之后就是花翎了，花翎是皇帝特赐的插在帽子上的装饰品，用动物的羽毛做成，也分等级，一般是赏给有功的人或对朝廷有特殊贡献的人。

顶戴花翎是一种统称，其实不是所有人都能戴花翎的。花翎是翎的统称。翎其实分两种，蓝翎和花翎。花翎是孔雀翎，它有单眼、双眼、三眼之分。五品以上官员赏给单眼花翎，双眼花翎赏给级别较高的官员，三眼花翎则是赏给亲王、贝勒等皇族和有特殊功勋的大臣。而官位低些，如六品以下的官员只赏给蓝翎。蓝翎为鹖鸟（一种生性好勇斗狠至死不怯的鸟）羽毛所做，无眼，赐予六品以下以及在皇宫和王府当差的侍卫官员享戴，也可以赏赐给建有军功的低级军官。

以上是关于顶戴花翎的一些介绍，介绍完头上戴的，再来讲讲身上穿的。清朝的官补图案跟明朝的相似，只是他们的官服除了规定了官补的图案，连蟒袍都有严格的规定。按他们的规定，一品至三品是九蟒五爪；四品至六品是八蟒五爪；七品至九品（及未入流）为五蟒四爪。

不过虽然服饰的纹样繁杂，但是在色彩上，他们却没有这么多花样，还是很统一的，原则上都是蓝色，只在庆典时可以用绛色。外褂平时都是红青色，素服时改用黑色。

除了帽子、衣服讲究多，他们上朝的时候还有配饰，大臣们都配有朝珠。这朝珠也非常讲究，有品阶之分。一次在网上看到一串一品大员的朝珠拍出了天价，其实这朝珠不仅在现在价值连城，就是在清朝前期也十分珍贵。清朝前期并不是所有的官员都有资格佩戴朝珠，只有官位够高的人才能够拥有。

朝珠也有严格的品阶制度，按清朝制度规定，品官文五品、武四品以上，命妇五品以上，及京堂翰詹、科道、侍卫均可用朝珠，以杂宝及诸香为之。礼部主事，太常寺博士、典簿、读祝官、赞礼郎，鸿胪寺鸣赞，光禄寺署正、署丞、典簿，国子监监丞、博士、助教、学正、学录，在庙坛执事及殿廷侍仪时准用，平时及在公署则不许用。内廷行走人员不分品级均可用。这种制度到后期逐渐放松，晚清时连捐纳为科中书（从七品）者也挂朝珠，到末期，便是有官品者，皆可佩戴朝珠。

朝珠的材质也有着明文规定：一品为珊瑚，二品为起花珊瑚，三品为蓝宝石及蓝色明玻璃，四品为青金石及蓝色涅玻璃，五品为水晶及白色明玻璃，六品为砗磲及白色涅玻璃，七品为素金顶，八品为起花金顶，九品为镂花金顶，未入流为镂花金顶。

清朝官员的官服制度大致如此，但这些仅指清朝普通官员，有一类人其中并没有提到，那便是那些皇亲国戚。在当时等级制度森严、爵位众多的清朝王公贵族中，尤其在清朝初期，对这些人的穿戴有着严格的规定。皇室成员中爵位低于亲王、郡王、贝勒的贝子和固伦额驸，有资格享戴三眼花翎；清朝宗室和藩部中被封为镇国公或辅国公的亲贵、和硕额驸，有资格享戴二眼花翎；五品以上的内大臣、前锋营和护军营的各统领、参领（担任这些职务的人必须是满洲镶黄旗、正黄旗、正白旗这上三旗出身），有资格享戴单眼花翎，而外任文臣无赐花翎者。

在服饰上面，亲王、郡王的官补是四爪蟒袍，其他则根据相应的品阶，穿相应图案的官服。在朝珠方面，皇子、亲王、亲王世子、郡王，朝珠不得用东珠，余随所用，金黄绦；贝勒、贝子、镇国公、辅国公，朝珠不得用东珠，余随所用，石青绦；公、侯、伯、子、男朝珠，珊瑚、青金石、绿松石、蜜珀随所用，石青绦。

这是中国古代历朝历代男子官服的大致情况，下面再说说古代女子的官服制度。开头介绍过，元妃省亲的时候，贾母等人是按品阶大妆，贾母、王夫人、邢夫人、尤氏等人，她们妇道人家哪里来的品阶，大妆又是怎么个妆法呢？

古代的朝廷命官，除了自己有制服之外，夫人也有相应的制服。除了那些破格受封的诰命夫人外，一品大员的夫人，就有一品大员的命妇服。所以女人们按品大妆就是按照丈夫的官品梳妆打扮，如果是诰命夫人，则按相应的品阶打扮。不过古代的制服一般只有一套，所以要好好保护。

清朝出现了回收官服和命妇服的制度，意思是说，等到你解甲归田的时候，这些衣服是不能带走的，都要归还朝廷。

古代妃嫔根据封号领月俸，待遇各有不同。除此之外，在服饰方面也有很大不同。以朝珠为例，列举一下古代妃嫔以及王公贵族夫人们的等级制度。

皇后、皇太后朝服朝珠三盘、东珠一、珊瑚二，吉服朝珠一盘，均明黄绦。

皇贵妃、贵妃、妃朝服朝珠三盘、蜜珀一、珊瑚二，吉服朝珠一盘，明黄绦。

嫔朝服朝珠三盘、珊瑚一、蜜珀二，吉服朝珠一盘，金黄绦。

皇子福晋朝服朝珠三盘，珊瑚一、蜜珀二，吉服朝珠一盘，金黄绦。亲王福晋、世子福晋、郡王福晋均同。

贝勒夫人、贝子夫人、镇国公夫人、辅国公夫人石青绦。

第四章 一寸缂丝一寸金

红楼是姑娘们的大观园,也是服饰的展览会,那些小姐夫人们身上穿的,平日里用的丝帕,哪一件不是万金之数,就连丫鬟们统一的制服也都是名贵衣料。这些我们眼中金贵的料子,在江宁织造府出生的曹雪芹眼中也只是寻常之物。丝绸锦缎,其中最珍贵的莫过于那通经回纬缂丝,这是一种极其罕见的衣料,在市面上不流通,是织造府专门为皇室提供的,素来就有"一寸缂丝一寸金"的说法。

而在红楼中,这却成了凤姐的家常衣服,其身份的显贵可想而知。只见她在第三回出场的时候就穿着金贵的缂丝服饰,神采奕奕:

> 这个人打扮与众姑娘不同,彩绣辉煌,恍若神妃仙子:头上戴着金丝

八宝攒珠髻,绾着朝阳五凤挂珠钗,项上戴着赤金盘螭璎珞圈,裙边系着豆绿宫绦双鱼比目玫瑰佩,身上穿着缕金百蝶穿花大红洋缎窄裉袄,外罩五彩刻丝石青银鼠褂,下着翡翠撒花洋绉裙。

显赫如王家,凤姐又是贾府的孙媳妇,这样的排场自然也是要的,她应该是贾府中缂丝衣服穿得最多的。

而在第五十一回,袭人回家前,作者也花了不少笔墨描写缂丝服饰:

半日,果见袭人穿戴来了,两个丫头与周瑞家的拿着手炉与衣包。凤姐看袭人头上戴着几枝金钗珠钏,倒也华丽,又看身上穿着桃红百子刻丝银鼠袄子,葱绿盘金彩绣锦裙,外面穿着青缎灰鼠褂。凤姐笑道:"这三件衣裳都是太太的,赏了你倒是好的;但只这褂子太素了些,如今穿着也冷,你该穿一件大毛的。"袭人笑道:"太太就只给了这灰鼠的,还有一件银鼠的。说赶年下再给大毛的,还没有得呢。"凤姐笑道:"我倒有一件大毛的,我嫌凤毛儿出不好了，正要改去。也罢，先给你穿去罢。等年下太太给做的时节，我再做罢，只当你还我一样。"平儿笑道："你拿这猩猩毡的。把这件顺手拿将出来，叫人给邢大姑娘送去。昨儿那么大雪，人人都是有的，不是猩猩毡就是羽缎羽纱的，十来件大红衣裳，映着大雪，好不齐整。就只她穿着那件旧毡斗篷，越发显得拱肩缩背，好不可怜见的。如今把这件给他罢。"

红楼中关于缂丝的描写当然不仅这两处，其他的章回中也有关于缂丝的描写。之所以要把这两处提出来，有两个原因，一是为了介绍缂丝服饰，二是为了凸显凤姐在大观园姐妹或者说在贾母面前，都是一种招摇、卖力讨好的存在。凤姐在大观园的辈分不算大，上有老，下有小，她是贾母的孙媳妇，是邢夫人的儿媳妇，是王夫人的外甥女，也是贾兰贾蓉等人的婶婶。王熙凤的身份比她的婆婆邢夫人高贵，但是跟王夫人和贾母比起来并没有半点优势，她们都是大户人家的千金小姐。而贾府里所有人的排场，单单数她是最大的。这除了与她的身份有关之外，更多的是性格，贾母说她是"凤辣子"，下人婆子们称她是"巡海夜叉"，高调、张扬是她的行事特点。

她在排场上如此高调，关于穿着，自然也不会有所收敛。单说她出场的时候那一身的华衣美服，林黛玉见过那么多人，她们的服饰描写都一笔带过，独独对凤姐的妆扮描述得如此详细。整部红楼服饰的格调是低调的华丽，而其中最奢华的当属王熙凤，不管是云锦、蜀锦、宋锦，亦或是缂丝的服饰，都是她最多。

但是她衣服多也不会浪费，不穿的衣服，她不会丢掉，而是赏赐给下人。那时候的豪门，才是真正的大富之家，他们奢侈，却也知道节流。

简单介绍完王熙凤，下面说说缂丝。缂丝，又称作"刻丝"、"克丝"或"尅丝"，文异音同。旧时又称为"长刻丝""刻丝作""刻色"等。缂丝在海外也有其他名称，如"缀锦""缀织""织成锦"等。《玉篇》说："缂，织纬也。"由于织造的作品在图案与素地接合处微显高低，呈现一丝裂痕，犹如镂刻而成，故称"刻丝"。其成品正反两面如一，与苏绣双面绣有异曲同工之妙。缂丝与刺绣、玉雕和象牙雕、景泰蓝并称为中国四大特种工艺品，并与云锦合称为中国两大珍品手工丝织物。古有"织中之圣"和"一寸缂丝一寸金"的美誉。由于经得起历史的考验，又被称之为"千年不坏艺术织品"。

缂丝跟锦缎一样，织出来的时候就已经有了成品的图形，这是它跟普通丝绸最大的区别。丝绸一般织出来就是素色的，如果你想要图形的话，还需要另外在上面绣上图案。而缂丝织出来之后就已经有了图形，就像是镂刻在丝绸上一般美丽动人。

缂丝的历史非常久远，曾经在古墓群中出土过一件十分珍贵的缂丝腰带，经考古学家考证，这是公元7世纪的舞俑腰带，是中国目前发现的最早的一件缂丝实物。

缂丝起源于何时已很难考证，但从传世的实物来看，早在中国汉魏之间就已经出现。在蒙古出土的有汉代"山石树"丝织的残片，它的织造方法"通经回纬"，与北京双塔出土的宋缂丝"紫汤荷花"完全一样。缂丝工艺发展到唐朝时期，在东西方文化交流的背景下不断发展和完善。

当时的缂丝多制成丝带等实用品。缂织技法一般以平缂为主，花地之间的交接处尚有明显的缝隙，即"水路"。此外，也有掼、构和搭梭等缂织法。唐代缂丝的纹样题材一般以简单的几何形花纹为主，色彩主要是平涂的块面，还没有使用晕色匹配，故色彩层次不够丰富，但有的已使用金线作地纹，增强了装饰效果。缂丝工艺也在这个时期随着遣唐使和各国的留学人士传播到世界各地，以至于今天我们还能在邻国日本看到百姓将缂丝作为该国最为贵重的面料来制作腰带、和服和日本僧人的袈裟。我们甚至还可以从"本缂丝"的织造中看出汉唐时期中国巍巍大国的风范。隋唐以后，已经用缂丝制品作书画包首。

北宋的缂丝前承唐代，但花纹更为精细富丽，纹样结构既对称又富于变化，并创造了"结"的戗色技法。缂丝多用作书画包首或经卷封面，最为流行的是南北朝以来皇亲贵族常用缂丝为书法大家王羲之、王献之的上乘作品做装裱，如《二王书录》。这些摹缂正如卞永誉所言的那样："文倚装成，质素莹洁，设色秀丽，画界精工，烟云缥缈，绝似李思训。"至北宋晚期，受皇帝的趣味和宫廷院画的影响，缂丝从实用和较单纯的装饰领域脱棄而出，转向层次较高的欣赏性艺术品的制作。在北宋与南宋更替之时，随着政治中心和经济的转移，缂丝也由北方生产地定州，迁移到了南方苏杭一带，故有"北有定州，南有松江"之说。

宋代，缂丝最负盛名，无论包首、装裱，还是缂丝艺术品山水、花鸟、人物等，已达到相当高的水平。那时"以河北定州所制最佳"，"以宣和时制作最盛"。

南宋时，江南的缂丝生产也已有一定规模。缂丝作品大都摹缂名家书画，缂丝技艺也在各地能工巧匠的攀比创新中灵活运用掼、构、结、搭梭、子母经、长短戗、包心戗和参和戗等多种技法，纬丝色彩不断增加，纬丝的松紧处理灵活。南宋缂丝名家朱克柔缂织的《莲塘乳鸭图》（现藏上海博物馆），缂丝高手沈子蕃缂织的《梅鹊图》《青碧山水》（现藏北京故宫博物院）等作品，构图严谨，色泽和谐，人物、花鸟生动活泼，工丽巧绝，具有自成风韵的独特艺术风格。其中尤以朱氏的技法最佳，使得中国历史上著名的艺术理论家宋徽宗赵佶对她极为推崇，在她的织品《碧桃蝶雀图》上亲笔题诗："雀踏花枝出素纨，曾闻人说刻丝难。要知应是宣和物，莫作寻常黹绣看。"缂丝工艺可谓达到了中国古代缂丝艺术发展的第一次高峰。靖康以后，京城迁都临安（今杭州），成为政治、经济、文化的中心。随着迁都，很多名工巧匠也被带到了南方，缂丝从这个时期开始在松江、苏州一带流行并得到发展，后基本集中于苏州陆慕、蠡口、光福一带，一直流传至今。沈子蕃、吴圻都是苏州这一时期的名工巧匠。缂丝自汉至隋唐，渐趋成熟。

元代，缂丝艺术大量用于寺庙用品和官员的官服上，并开始采用金彩，缂丝简练豪放，一反南宋细腻柔美之风，这对明清两代的缂丝艺术影响较大。又加之当时是信奉佛教的蒙古人统治中国，对金色的喜崇使织物内加金的作法成为风尚，且金彩又多盛行于与佛教有关的挂轴制作中。如《纂组英华》记载元代缂丝作品释迦牟尼佛唐卡，其中释迦佛用十色金彩织出，异常精美。

明代，朝廷力倡节俭，规定缂丝只许用作敕制和诰命，故缂丝产量甚少。明宫廷"御用监"下设"缂丝作"，以管理缂丝的生产。但宣德朝后，随着国力的富强，禁令渐弛，织造日多，并重新摹缂名人书画，"南匠北来效技呈能，制作之精不亚宣和"。至明成化年间，缂丝生产已再趋繁盛，作品主要产于苏州、南京和北京等地。缂丝艺术风格深受江南文人绘画的影响，多摹缂当时名家的画稿，如缂丝艺人吴圻、朱良栋、王统等缂织沈周、唐寅、文征明等人的画稿，名噪一时，其中《瑶池献寿图》、沈周《蟠桃仙图》等佳作终为宫廷所收藏。

缂丝生产被皇室垄断，技艺的装饰意味就显得尤为浓厚了，缂丝艺人创造出凤尾戗和双子母戗等新的技法，甚至在纬线中掺合了孔雀的翎毛等珍贵材质显示皇家风范。这一时期正值中国服饰发生巨大变化的时刻，江南地区也出现了小型作坊之间的经济竞争，高档面料也在不断尝试新的方法，质地也越发柔软，"明缂丝"就这样应运而生了。此时江南缂丝已经有了相当大的规模，并形成了自己的风格。

　　当时，苏州已有一批艺人，从事缂丝织造。名工朱良栋缂织的《瑶池献寿图》（现藏于北京故宫博物院），轮廓清晰，尤为冠绝。明代缂丝最大的特点，一是御用缂丝，进献朝廷，制作皇帝的龙袍，北京十三陵地下宫殿出土的皇帝龙袍就是一例；二是把写实与装饰相结合，内容有山水、花鸟、人物和书法等，以小幅册页为主，富有装饰性，尤其是缂织人物，前所未有，可称得上一大创举。名家吴圻缂织的沈周《蟠桃仙图》和《戏婴图》，人物开相全系缂织，形态生动，栩栩如生，呈现了缂丝艺术的独特风格。

　　从明万历年间到清朝的康乾时期，江南的丝织业被皇权牢牢控制着，缂丝也成为皇权的象征。明清的龙袍衮服、宫闱之内的日用品、官员等级象征的标志——官补，无不是缂丝中的上品佳作。缂丝在清朝也得到了很好的发展，出现了双面缂、毛缂丝和缂绣混合法（即融和了缂丝、刺绣、绘画等多种工艺）。

　　清代，缂丝艺术品均采用缂、绘相结合的方法，别具一格，创作出一批精巧工细的作品，如缂丝艺术品《三星图》《八仙庆寿图》等。特别值得一提的是，清代将诗文通篇缂于幅面的比比皆是，如《御制三星图》上截缂乾隆皇帝的《三星颂》和《岁朝图》，下截蓝色隶书乾隆御制岁朝诗，文字书法缂织精细，显示了名工巧匠的高超技艺。

时至晚清，随着国势衰弱，战乱不断，缂丝工业出现了濒临消亡的状态，缂丝粗劣之作充斥于市，即便宫廷所用之物也罕有精品。

解放后，在党的"保护、提高、发展"的方针指引下，缂丝枯木逢春。1954年成立了"苏州市文联刺绣生产小组"（苏州刺绣研究所前身），邀请了两位缂丝老艺人沈金水、王茂仙进行缂丝制作。1956年又在民间发展了一批缂丝人员，同时招收了一批青年学徒，当时共有二十多人，二十多台缂机，先后缂织了《玉兰黄鹂》《牡丹双鸽》《博古图》《双鹅梅竹》（现藏于南京博物院）等一批缂丝艺术品。20世纪60年代，缂丝艺术有了进一步发展。1962年苏州刺绣研究所缂丝艺人俞家荣在继承传统的基础上，首次创新了一幅缂丝作品《天坛》，他以一张摄影作品为蓝本，在缂织时吸收了西洋画的特点，大量增加了色线，运用多种戗色技法。整幅作品轮廓精确、线条挺括，富有光感、质感、立体感，获得了很高的艺术效果。隔年，该所王金山等3人应北京故宫博物院邀请，进故宫复制宋代的缂丝作品。王金山在故宫里整整用了三年多的时间，先后复制了南宋缂丝名家沈子蕃的《梅鹊图》《青碧山水》和缂丝名家朱克柔的《牡丹》《蝴蝶山茶》等，复制作品真假难分，受到专家的高度赞赏。

20世纪70年代末中国改革开放，日本商家大批量地向中国订购和服腰带和贵袈衣（日本和尚高档礼服性袈裟），缂丝行业迅猛发展，苏州、南通及杭州周边地区缂丝厂家和作坊也逐渐成立。苏州先后建立了苏州缂丝厂、吴县东山缂丝厂、蠡口缂丝厂、黄桥缂丝厂和陆慕缂丝厂，称为五大缂丝龙头厂，共有六百余员工、缂机六百多台，除了生产缂丝艺术品之外，主要生产缂丝日用品——和服腰带。进入20世纪80年代，随着中国对外开放的不断深入，工艺美术外贸出口量猛增。和服、缂丝腰带由于受到日本客户的青睐，出口需求量逐年上升，各缂丝厂家纷纷添置缂机设备，人员达一万之众，缂机上万台，超过历史上任何时代，缂丝生产空前发展，几乎形成"村村有工厂、家家有机台"的规模。

南通工艺美术研究所在全国工艺美术行业中是较有声望的单位，它曾经被称为全国工艺美术行业中四大明珠之一。虽说当时苏杭两地的缂丝业也都刚刚重新起步，但南通的缂丝技艺还是远远落后于它们的。南通工艺美术研究所的缂丝艺术传人王玉祥，在研究和传承缂丝技艺过程中，继承缂丝艺术传统，同时大胆创新，成功地复原出缂丝引箔腰带。经过几个月的研制，江苏第一条缂丝类引箔腰带在南通研制成功，并能小批量生产。同时王玉祥将这一技术无偿分享给业内的另一位苏州缂丝大师——王金山先生，为南通工艺美术行业的发展增添了浓墨重彩的一笔。在引箔腰带技术基础上，南通又从日本学习了中国远古的原生态缂丝技术——本缂丝（日本称"本缀"）的技艺，接受了日方赠送的一台约300年前的木质机台（这台机样至今还完好地保留在南通宣和缂丝研究所内）。这样就形成了苏州以生产明刻丝为主，南通以生产本缂丝为主的两大缂丝工艺流派。

20世纪90年代初，由于工艺美术外贸任务日趋下降，缂丝日用品生产面临困境，企业劳动力过剩，生产萎缩，技艺人员外流，绝大部分企业停止生产。仅苏州刺绣研究所和南通宣和缂丝研制所两家仍坚持生产，他们大胆探索、积极创新，把东方的缂丝艺术与西方的绘画艺术、摄影艺术相结合，先后缂织了一批艺术新品《静物》《孩童》《大卫人像》等，给缂丝艺术注入了新的活力。现在宣和缂丝研制所在制作过程中，用干燥草、干燥花制成箔纸，再切割成细条织在面料里，使其画面更加贴近自然；把丝毯织法移植到缂丝技术中，使画面的立体感增强。除了制作常见的贵裘衣和腰带，同时还制作唐卡和名人书画摹缂等工艺作品。其中摹缂的张大千的《花鸟》（1941年），范曾的《东坡吟啸图》（1987年）、《简笔高士》（1996年）等作品，不但摹缂出山水人物画原作的风格和内容，还将每个画家的用墨风格、墨色、笔锋等细部特征，表现得丰富而生动，惟妙惟肖，宛若天成，其织理之美，又别具经纬交织的风韵。

当今，从事缂丝生产与制作的仅有南通宣和缂丝研制所，苏州刺绣研究所有限公司，王金山大师（缂丝）工作室以及吴县光福、黄桥、甪直等地的民间艺人。因缂丝的价格昂贵，非寻常之人可以消费得起，为了将这样精美的制作工艺流传出去，缂丝也往往会被制作成团扇。缂丝团扇就是团扇中的超级大牌，它的价格可以跟任何一个大牌相媲美，而它的文化内涵和历史古韵，却是这些大牌所没有的。随着缂丝团扇的流行，那些手工匠人也重新回到了文化美韵的舞台，李晶就是其中的佼佼者。他的嗜闲居团扇工作室别具匠心，将缂丝与流行元素相结合，做出真正具有中国特色的团扇。当然他的作品中也不乏古色古香的老货古物，美丽而富有历史的韵味，这才是真正的中国元素。

关于缂丝的称谓，历来有所不同。中国古代字书《玉篇》释：

"缂，紩也，织纬也。"宋代庄绰的《鸡肋篇》以及明代张应文的《清秘藏》、曹昭的《格古要论》、高濂的《遵生八笺·燕闲清赏笺》诸书均作"刻丝"，宋末元初周密的《齐东野语》与元末明初陶宗仪的《辍耕录》等书写为"克丝"，宋代洪皓的《松漠纪闻》、吴自牧的《梦粱录》等书又称"剋丝"。清代皇家著录宫廷书画的《石渠宝笈》和《秘殿珠林》中均记作"缂丝"。"缂""刻""克""剋"四字音同。近代学者胡韫玉认为本字应当是"缂"，探其究竟，缂丝织制时以小梭织纬，根据纹样多次中断以变换色丝，成品只露纬丝不露经丝，可见此"缂"字正合"通经回纬"的技术特点。对于丝织工艺当谓"缂"，而对于金木工艺则称"刻"。字各有所当，故"刻""克"皆为假借。

按照制作工艺的不同，传统缂丝可细分为四大类："本缂丝"、"明缂丝"、"绍缂丝"和"引箔缂丝"。当今研发的缂丝品有"紫峰缂丝"、"雕镂缂丝"和"丝绒缂丝"。它们各有千秋，"本缂丝"质地较为厚实，作品高雅尊贵，适合于装饰点缀；"明缂丝"雍容华贵，质地柔软，轻盈；"绍缂丝"质地柔软，间断图案，透气透光；"引箔缂丝"质地柔软，掺有特殊纸箔；"紫峰缂丝"材质轻薄，薄如蝉翼，图案若隐若现；"雕镂缂丝"有窗棱效果，且极具观赏性；"丝绒缂丝"是丝毯工艺和缂丝工艺的结合品。

明缂丝现在比较常见，本缂丝相对而言制作的技工日益减少，这两种缂丝工艺差别不是取决于图案文饰，而是在其制作工艺上和生产出来的产品材质。后来由于种种原因，只有明缂丝的技法留存了下来。

如此质感的区别是由于这两大缂丝技艺在原材料的选择和制作技上的不同。在原材料的选择上，明缂丝的经线一般为 3×2（6丝），纬线为 8×2（16丝）；本缂丝的经线一般为 10×2（20丝），纬线为 15×2（30丝）。也就是说本缂丝的经线是明缂丝的约三倍粗，纬线是明缂丝的约两倍粗。两种流派使用的线的规格不同，产品的外观自然也有很大的差异。明缂丝细软，表面呈现平纹状。本缂丝厚重、挺括，表面显现罗纹档纹路。在本缂丝中也有用细纬线、细经线做产品的，但用本缂丝的生产方式做出来的产品，除手感细滑，其他仍显现出本缂丝的特点。

从制作技法上来讲，二者虽然都是运用"通经回纬"的基本法则，但在具体制作上还是有很大区别的。首先是上机的经线张力（经线所承受的拉力），本缂丝比明缂丝要强得多，这样制作出来的作品整体看，挺括而不松软。苏州明缂丝整理好经面后，要先把制作的图案描在经面上，然后才能进行操作。南通本缂丝只要把图纸托在经面下方，即可以开始操作。在操作过程中要求所托画稿位置不能变动，最后产品完成后，其产品与图纸上的图案位置误差不得超过五毫米。如果是制作袈裟或其他礼服，对这个精准度则要求更高，袈裟是由多片缂丝面料相拼而成，任何一片与原画稿出现较大偏差，整个图案的完整性就破坏了。

苏州明缂丝与南通本缂丝在制作技艺方面，还有一个明显的区别，即素地做法。何谓素地，没有花纹的地方称素地。明缂丝不管是素地还是图案部分，都是在纬线穿进经线后再用拨齿拨紧，而本缂丝却不一样。本缂丝在做素地时是用箝把纬线夯紧，只有做小面积图案时才会使用拨齿拨紧。两种流派的制作手段不一样，虽然机台结构差不多，但本缂丝的机台明显比明缂丝的机台扎实得多。机台中的箝的作用也各不相同。明缂丝的箝是控制经面的宽度，本缂丝的箝不但要控制经面的宽度，而且要把纬线夯紧。本缂丝在制作过程中，不管是做素地还是花形，必须做到打出的一根纬线和经线面的角度保持一致，一般要求四十度角，然后才能把纬线夯紧。假如哪一根打出的纬线角度偏大或偏小，在产品中就会出现疵点。就这一点，明缂丝要求就没有这么高。明缂丝不管做花形还是打素地都用拨齿拨紧，一般拨齿的宽度在6厘米之内，最窄的只有2厘米，如果做一幅宽度为30厘米的产品，要拨十几下，才能把纬线全部压下、压紧，所以纬线在经线中的分布不如本缂丝一次夯紧匀称。

鉴于这样的特征，南通缂丝最适宜制作书画摹缂、屏风、唐卡、袈裟、和服腰带及手袋类产品。苏州缂丝则适合做高档面料及辅料。

缂丝有其专用的织机——缂丝机，这是一种简便的平纹木机。缂织时，先在织机上安装好经线，经线下衬画稿或书稿，织工透过经丝，用毛笔将画样的彩色图案描绘在经丝面上，然后再分别用长约十厘米、装有各种纬线的舟形小梭依花纹图案分块缂织。同一种色彩的纬线不必穿过整个幅面，只需根据纹样的轮廓或画面色彩的变化，不断换梭。

缂丝能自由变换色彩，因而特别适宜制作书画作品。缂织彩纬的织工须有一定的艺术造诣。缂丝织物的结构则遵循"细经粗纬""白经彩纬""直经曲纬"等原则，即本色经细，彩色纬粗，以纬缂经，只显彩纬而不露经线，等等。由于彩纬充分覆盖于织物上部，因此织后不会因纬线收缩而影响画面花纹的效果。

缂丝是一门古老的手工艺术，它的织造工具是一台木机、几十个装有各色纬线的竹形小梭子和一把竹制的拨子。织造时，艺人坐在木机前，按预先设计勾绘在经面上的图案，不停地换着梭子来回穿梭织纬，然后用拨子把纬线排紧。织造一幅作品，往往需要换数以万计的梭子，其花时之长，功夫之深，织造之精，可想而知。

缂丝的工艺流程，一般有 16 道工序：落经线、牵经线、套筘、弯结、嵌后轴经、拖经面、嵌前轴经、捎经面、挑交、打翻头、箸踏脚棒、扣经面、画样、配色线、摇线、修毛头。

缂丝的织造技法为：结、掼、勾、戗、绕、盘梭、子母经、押样梭、押帘梭、芦菲片、笃门闩、削梭、木梳戗、包心戗、凤尾戗等，技法众多。但无论做什么缂丝品，结、掼、勾、戗这四个基本技法是绝对不可少的。

缂丝的品种有两大类：一类是日用品，有包首、手提包、皮夹、书籍封面、眼镜袋、台毯、靠垫和和服腰带等；另一类为艺术品，有金地屏风、屏条、中堂、手卷、册页等。

苏州缂丝艺术品自唐至今，在艺术造诣上形成了各个时期不同的艺术特点。宋代的缂丝，在技法上运用"环缂""平戗""木梳戗""披梭""笃门闩"运戗等方法，使画面色彩浓淡自如，给人以美的享受。当今的缂丝艺术品，在继承传统缂丝技法的基础上，又有了新的发展。1977 年，苏州刺绣研究所的缂丝艺人，在王金山的指导下，精心织造了宽8米、高2米的大型金地缂丝佳作——毛主席诗词《西江月·井冈山》。传统缂丝只能表现正楷或隶书书法，毛主席诗词为草体书法，有枯笔，对干湿、浓淡的表现有相当大的难度。王金山根据每个字的虚实变化和干湿浓淡，除运用传统的结、掼、勾、戗等技法外，又首创了绞花线缂织技法和斜坡接梭法，精心织造，恰到好处地表现了毛主席诗词的博大意境。整幅作品浓淡相宜，层次清晰，字里行间有起有落，前后呼应，给人以一气呵成之感。作品送往首都北京，受到一致好评，现陈列在毛主席纪念堂西大厅内。

20世纪80年代，王金山又精心缂织了一幅异色异样缂丝力作《寿星图》台屏，正面图案以银色为底，缂出一位手持龙头拐杖的老寿星。那寿星身穿绛红色长袍，面带笑容，和蔼可亲，右上方有一枚仿清代大画家任伯年的印章。反面图案以金色为底，缂有一个玄色的篆体"寿"字，左上方有一枚仿清代大画家吴昌硕的印章。在这两枚印章下面，有一枚王金山的印章。作品构图新颖，图案精巧，色彩典雅，观者无不叫绝，该作品现藏于中国工艺美术珍宝馆。在中国工艺美术大师徐绍青的指导下，缂丝艺人俞家荣等缂织的仿明"十二章团龙福寿如意衮服"复制品，长1.36米，腰围2.26

米，袖口0.60米，金黄色底，纹样以十二团龙为主，其四周有云纹、海浪、海珠、金锭、银锭、飘带和轮、伞、盖、花、鱼等，遍身有256个"寿"字、310只蝙蝠、217个如意等。龙体用孔雀线缂织，共用了黄、蓝、朱、绿、褐等28种色线，金线耗用黄金12两，织造工艺超过原件水平，系罕见的精美缂丝品。该作品于1984年荣获中国工艺美术百花奖金杯奖，现陈列在北京定陵博物馆。他们还同时创新了缂毛缂丝《牡丹》台屏、双面缂绣艺术品《熊猫与白猫》等，这些缂丝艺术品高雅秀丽、情趣盎然，在国内外展出，赢得了各界人士的赞赏。

第五章 红楼雀金裘和历史上的名贵服饰

现在特别流行将中国元素融合到时装中去。诚然，青花瓷、描龙绣凤是中国风的一种，旗袍汉服也是中国特色，但是这只是中国风的冰山一角，并不是全部。仅《红楼梦》一书中的中国美服就远远高于时下的所谓中国元素服饰。其服饰中的用料，一是品种多，二是高档、名贵，有些可说是稀世之宝。书中出现的服饰用料，主要有"大红洋缎""撒花洋绉""起花八团倭缎""秋板貂皮""灰鼠皮""黄绫""羽缎""白狐腋""貂裘""妆缎""蟒缎""西洋布""月白纱""羽纱""哆罗呢""洋线番粑丝""海龙皮""凫靥裘""天马皮""雀金裘""猞猁狲大裘""云狐皮""无狐皮""香狐皮""鸭皮""麻叶皮""洋灰皮""羊皮""皿貂皮""羽线绉""氆氇""葛布""麻"等

30多种。除了麻、葛等草质料之外,相当部分用料皆是高端用料,非寻常百姓能问津。其中貂皮、白狐腋、天马皮、猞猁狲、雀金呢等都属于稀罕之物。

《红楼梦》在服饰款式上也是四季分明,从头到脚,从里到外,一应俱全。就连雨雪天用的斗笠、蓑衣、沙棠屐、雪帽,都一一写到了。从款式上来说,有"窄裉袄""银鼠褂""洋绉裙""背心""水朝靴""大袄""花绫裤""霞帔""披风""皮裙""棉裙""斗篷""对衿褂""蟒袍""王帽""貂裘""芒鞋""折裙""破纳""绫子袄""肚兜""羊皮褂子""羊皮小靴""鹤氅""肷褶子""鹰膀褂""大裘""袷裤""水田小夹袄""红睡鞋""水紧身""水毛儿衣服""撒鞋"……春夏秋冬四季的服装都有。

红楼中的服饰,除去那些丝织品,其他的有很大部分都是用动物毛皮制作的。这是一种身份地位的象征,越是尊贵的人,所用的衣服料子就越是稀世罕有,当然如果从环保的角度看这些服饰,那就没什么好谈的了。这里我们不谈环保,就谈谈制作工艺,谈谈服饰的尊贵。

红楼中这些用毛皮制作而成的服饰特别常见,但是曹雪芹却在一件衣服上花了很大的笔墨,那就是贾宝玉的雀金裘。这件衣服根据贾母的描述是哦啰斯（即俄罗斯）的贡品，一共有两件同样制作工艺的衣服，一件孔雀毛的叫作雀金裘，给了贾宝玉，另一件是野鸭子毛的，叫作凫靥裘，送给了薛宝琴。雀金裘作为一件舶来品，一出现，身价就被哄抬了很多倍。

贾宝玉对这件衣服珍爱有加，却还是不小心烫了一个洞。这可难坏了贾宝玉。如果不修补的话，肯定是会被贾母等人发现的，一番责备总是免不了的，再则贾宝玉也是真的心疼这件衣服，毕竟物以稀为贵，这是在中国没有的。结果派出去的人找了好久，也没找到一个会修补的匠人。大部分的绣娘连这件衣服的料子都没见过，更别说修补了。最后是晴雯带病用界线的方法补好了这件衣服。

这是《红楼梦》中用笔墨最多的一件衣服，不仅写出了这件衣服的出身来历，还写出了这件衣服应该怎么修复，也让很多人因此认为，这件衣服是红楼中最珍贵的一件。

那么这件衣服真的珍贵吗？它又珍贵在哪里呢？

其实这件衣服之所以珍贵，大部分是因为它是舶来品，物以稀为贵。

雀金裘的制作工艺也许是复杂的，料子是珍贵的，但是它的价值不一定就比缂丝、锦缎高。贾府中人都觉得这是最珍贵的原因，一是它的来历，它是俄罗斯的贡品，并不是中国的特产，二是它是身份和地位的象征。这样的东西，普通人家任凭你有再多的钱也无法弄到。

简单介绍完雀金裘的珍贵，我们回到衣服本身，这雀金裘是怎么做成的呢？"雀金裘"的不凡之处，在于它的衣料是"雀金呢"，是"拿孔雀毛拈了线织的"。也就是说，雀金裘其实就是一件类似毛呢的衣服，雀金呢大家都没见过，但是羊毛呢相信大家都是十分熟悉的。也就是说，雀金裘其实并不是像貂毛大氅，或者是鹤氅一样全部都是毛，雀金裘跟凫靥裘也不是用孔雀或者野鸭子毛填充的，那样不就跟现在的羽绒服差不多了。雀金裘也好，凫靥裘也好，它们所选用的毛是孔雀或者野鸭子最里面的那一层绒毛，非常柔软，而且保暖效果是最好的。从用料来看，这件衣服就比普通衣服金贵许多了。

这件雀金裘利用的是俄罗斯的技术，用孔雀毛拈了线编织而成的，其实用孔雀毛或者动物毛编织衣物早已存在，清初叶梦珠的《阅世编》里，有这样一段话：

今有孔雀毛织入缎内，名曰毛锦，花更华丽，每匹不过十二尺，值银五十余两。

这句话可以证明，中国很早就有将孔雀羽毛织进丝线的工艺，只是后来失传了。

早在公元八世纪，唐代大诗人王维就在诗中如此描写当时天子接受外国使臣朝拜的情景：

> 绛帻鸡人报晓筹，尚衣方进翠云裘。九天阊阖开宫殿，万国衣冠拜冕旒。

意思是说，在金鸡报晓的清晨，负责掌管皇帝服饰的宫中女官"尚衣"向唐玄宗献上新制的"翠云裘"。一道道宫门打开，来自不同国家的人们列队走上层层丹墀，面对着身着翠裘、头戴冕旒的"天可汗"，进行叩拜大礼。自唐太宗以来，唐朝皇帝就被四方远近尊奉为"天可汗"，逢盛大朝仪，云集长安的王公、部落酋长、使节一起入宫参拜，场面非常壮观。在香炉缕缕升起的烟雾缭绕中，四方诸国的国使们看着那一件翠云裘，那庄重威严的大殿和同样庄严肃穆的天可汗，以及从未见过的华衣美服，一定留下了非常深刻的印象吧。

我们从"翠云裘"一词来推测，诗中所写的这件唐代天子的龙袍应该是用翠鸟的羽毛捻线织成。在公元八世纪，世界上大多数地方的人尚全然不了解丝绸的秘密，而在中国，人们已经熟练地把鸟羽的细绒捻成线，与丝线一起织成华贵衣料了。

历史上，唐玄宗的堂姐妹安乐公主曾经让尚方监"合百鸟毛"织成两件"百鸟羽衣"，这两件百鸟羽毛裙"正看为一色，旁看为一色，日中为一色，影中为一色"，而"百鸟之状皆见"。

据史书记载，由安乐公主开了这种制作"毛裙"的风气后，整个上层社会立刻群起效尤，结果造成了一场生态灾难。为了获得做鸟羽线的材料，长江、岭南的彩禽几乎被捕杀殆尽。到了唐玄宗登基之后，为了遏制奢靡之风，由朝廷正式下令禁止社会各阶层随意穿着这一类织鸟羽线的服装，采捕彩禽制作色线的风气才渐渐平息。不过，任何朝廷法令都抵挡不了人们的虚荣心，这种特殊的面料一直受到富贵阶层的追捧，自唐至清日益炽盛。

宋时，泾州一地的鸟羽线纺织技术非常普及，就连小孩子也能够把绒毛捻成线，织出带方胜花的彩锦。当地所产的这种织毛锦非常之轻，一匹锦的重量只有十五六两，异常昂贵。翠鸟毛呈现微闪光泽的鲜蓝色，在各种鸟羽中颜色最为亮丽，因此成为这种工艺中最重要的材料之一。宋代广西出产的一种翡翠鸟，背毛上的翠色细绒便被用于捻线织做衣料，成为那个时代富贵阶层所热衷的奢侈品。

在清朝，人们还发明出一种"缂丝加毛"工艺，利用富有绒质感的鸟羽线织制出花木鸟兽题材的主题画面，镶嵌在屏风框内，陈设在居室中。孔雀羽线也是鸟羽线的一种，因为光彩的效果特别强烈，因此获得了独尊的地位。

《南史》中就已记载，早在公元五世纪末的南齐时代，有一位才华过人的皇太子——文惠太子，曾经巧动心思，指导工匠用孔雀毛织成一件翠毛裘，金翠炫丽，十分珍奇。不过，由于孔雀并非中原地区的原生禽鸟，在元代以前，孔雀羽属于很难得到的稀罕材料，因此在很长时间内与之相关的纺织工艺并不流行，到了明清时代，这种以羽绒制作的碧线才得以大放异彩。大约也只有中国传统匠人的心灵手巧，才能发明出捻制孔雀羽线这样特殊的工艺。长长的羽尾上只有顶端的珠毛可以用于制线，要将这些短短的细绒毛旋绕着缠裹在一根长长的细蚕丝上，再用绿色丝线分节捆扎，以这种办法将孔雀羽绒固定在长丝上。如此在一根长丝上缠绑好翠绒，就形成了孔雀羽线。同理，鸟羽线也是采下翠鸟的背绒、雉鸡的彩绒，缠捆在长丝上而成。更为神妙的是，这些孔雀羽线、鸟羽线是作为彩色纬线的一种，缠于织梭上，与其他缠有普通色线的织梭一起，以白丝线为经线，交相地织结成整幅的面料。因此，其成品就是一匹平滑的彩色丝绸，而在表面呈现出孔雀羽线或鸟羽线的局部花纹。

二十世纪五十年代，明万历皇帝的定陵中出土了大量帝后服饰，其中有一件万历皇帝的"织金孔雀羽团龙妆花纱织成袍料"，在纱地上织有团龙纹，龙的鳞、爪及头部均用孔雀羽线织成，至今仍色彩鲜艳。团龙纹中的龙、云、火珠等则用金线织出轮廓，极富立体感，并且与孔雀羽线形成金翠交辉的效果。另一件万历皇帝"杏黄地云龙折技花孔雀羽妆花缎织成袍料"，则用片金线和朱红、水粉、宝蓝、浅蓝、月白、明黄、墨绿、果绿、中绿、蓝绿、浅绛、白等十二种彩绒纬丝与孔雀线合织而成。男人可以身穿杏黄色的袍服，并有着如此丰富绚丽的色彩交错在衣面之上，在明朝人的观念里，灿烂鲜艳的色彩并不仅属于女性，而是属于高贵的人。

这里说到了用羽缎织成的龙袍，大家都知道龙袍是皇帝穿的衣服，一般都是用缂丝或者云锦编织成的，上面绣着龙形图案，又称龙衮。在电视剧中常见的龙袍是黄色的，绣着金龙，用以彰显皇帝的天子之气。当然也偶尔会看到红色或者是黑色的，不同的朝代都会有不同的颜色。在介绍龙袍之前，我们先介绍下龙。龙在中华文化里占有很重要的地位，比如说十二生肖里就有生肖龙，四大神兽里有青龙，四大瑞兽中也有龙，姓氏中也有龙姓，中国人又被称为龙的传人，皇帝又叫真龙天子，等等。

龙在传说和上古神话中十分常见，传说中龙是负责降雨的神，保护人类风调雨顺。而在图腾崇拜中，龙图腾却不是一个单独存在的图腾，它是由各种不同动物的部位组成的。古代有很多的部落，每个部落都有不同的图腾，有鹰部落，有鸟部落，有龟部落，等等。那时候华夏民族的祖先为了统一部落，四处征战，每征服一个部落就将这个部落的图腾中的一个部分取走，作为自己部落图腾的一部分，所以龙这个形象是由驼头、鹿角、牛耳、龟眼、虾须、马鬣、蛇身、鱼鳞、蜃腹、鹰爪组成的，吸取万兽之灵，组成了龙。

龙乃万兽之王，有龙图形的服饰就是龙袍，是皇帝的专属服饰。其实龙袍是一个总称，皇帝的衣服，如朝服、礼服、出征服、常服等等，都可称之为龙袍。龙袍的颜色也是多种多样的，具体的颜色取决于每个朝代所尚的五德。五德指的就是金木水火土五行，而五行所对应的颜色就是白、青、黑、红、黄。

　　这套五行循环论最早是由战国时代的邹衍提出的,各朝各代的五行尚德大致如下:虞土,夏木,商金,周火,秦水,东汉火,曹魏土,晋金,北魏水,北周木,隋火,唐土,后梁金,后汉水,后周木,宋火,金土,元金,明火,清水。按照五行循环论,我们可以大致推断出每个朝代龙袍的颜色。但是也有例外的,比如历史上没有白色的龙袍,所以在夏朝以前一般都是用赤铜矿颜色染成的龙袍,而在夏朝的时候人们崇尚黑色,所以夏朝的龙袍是黑色的,秦朝水德,所以秦朝的龙袍也是黑色的。到了明朝后期,就出现了红黄两色的龙袍,而清朝皇帝喜欢黄色,所以龙袍为黄色,官服则是蓝色。

　　大致介绍完龙袍的颜色之后,再介绍下龙袍上龙的形状与分布。龙袍上的龙并不是所有的形状都是一样的。有正龙,就是皇帝胸前跟背后两条面向我们的龙,有盘龙,比如皇帝肩膀上的两条龙,还有行龙,就是有升降的龙,在皇帝的膝盖及以下位置。龙袍上的龙至少有九条,但前后看我们都能够看见五条,这也就印证了"九五之尊"。九条龙的分布如下:胸前、背后各一条,这两条都是正龙;左右肩各一条,这两条是团龙,前后都能看到;前后膝盖各两条，这四条龙是行龙，根据位置有升龙跟降龙之分；最后一条是看不见的，在衣襟里面，与胸前的正龙对应的位置，也就是说如果皇帝热了，解开扣子，里面也是一条正龙。这是最基础的九条金龙在龙袍中的分布情况。除了九条龙的，还有十二条龙的龙袍，最多的有八十一条龙，这是明朝皇帝的燕弁服。

接下来详细介绍下各个朝代龙袍的差异。

首先是唐朝。中国的服饰制度跟文化制度一脉相承，都是越到后面越是严谨。隋唐以前中国战事连连，不管是手工艺的发展，还是文明的发展，都受到了一定的禁锢。隋唐开始了太平盛世，接受多方朝拜，才有了大唐盛世，服饰也在这个时期，达到空前繁盛。隋唐时期的士庶、官宦男子普遍穿着圆领袍、衫，上至皇帝下至杂役都可穿着，为当时的常服。而唐朝皇帝的龙袍则是黄色的，也就是从唐朝开始定下制度，黄色是皇室的专用色，其他人不得使用黄色。

宋代皇帝朝服为绛纱袍，有蔽膝、方心曲领及通天冠、黑舄图。这种服装是皇帝在大朝会、大册命等重大典礼时穿着的服饰，相当于群臣百官的朝服。

元代龙袍在《元史·舆服志》中有记载："服白粉皮则冠白金

答子暖帽，服银鼠则冠银鼠暖帽。"这时的龙袍跟其他几个朝代比，更具有少数民族特色。元代皇帝冕服有衮冕、衮龙服、裳、中单。衮冕，用漆纱制成，冕上覆綖，青表朱里。綖的四周环绕云龙，冠口以珍珠萦绕。綖的前后各有十二旒，左右系黈纩二，冠的周围珠云龙网结，綖上横天河带，左右至地。这实际上是参照了先秦的典章制度，对古代君王冕冠加以适当改造。衮龙服，是用青罗制成的，饰有日、月、星等图案，这和唐、宋衮服比较起来，略有简化。裳，是用绯罗制成的，其状如裙，饰有纹绣，共十六行，每行绣有藻、粉米等图形。中单，是祭服、朝服的内衣，以白纱制成，大红边饰。皇帝的衣料色彩鲜明，除了华丽的纳石失（在纱、罗、绫上加金的织金锦），还有紫貂、银貂、白狐、玄狐等皮毛制品。

相比元代龙袍的简洁，明代开始，龙袍的样式渐趋复杂。明代龙袍种类繁多，有衮冕、皮弁服、武弁服、燕弁服、青服，等等，不同的服饰有不同的作用。

衮冕：冕服、衮服合称为衮冕，是古代最尊贵的礼服之一。明代皇帝只用衮冕，废除其余五冕，为十二旒冕十二章服，用于祭祀天地、宗庙、社稷、先农，册拜，正旦，冬至，圣节等场合。

皮弁服：明代皇帝、皇太子及亲王、世子、郡王的朝服。皇帝在朔望视朝、降诏、降香、进表、四夷朝贡、外官朝觐、策士传胪时穿皮弁服（嘉靖时定祭太岁、山川等神亦穿皮弁服）。

武弁服：天子亲征遣将时所着的服饰。

燕弁服：皇帝平日在宫中燕居时所穿。

青服：又称青袍，即青色圆领，为明代皇帝在帝后忌辰、丧礼期间或谒陵、祭祀等场合所穿。

通天冠服：皇帝在郊庙之前省牲、皇太子诸王冠婚、醮戒以及社稷等祀时穿通天冠服。但从《明实录》等史料记载来看，洪武十年之后基本没有皇帝使用通天冠服的记录，《大明会典》所载冠服制度中也没有收入通天冠服，可能是洪武中期以后已经不用，其功能大部分被皮弁服代替。

明代皇帝常服使用范围最广，如常朝视事、日讲、省牲、谒陵、献俘、大阅等场合均穿常服。

吉服：皇帝在时令节日及寿诞、筵宴等各类吉庆场合所穿的服装。

罩甲、齐腰甲：皇帝在狩猎、骑马出行以及重要的戎事活动中穿着的戎服。

便服：皇帝日常闲暇时的着装。明代皇帝的便服就款式、形制而言，和一般士庶男子并没有太大区别。主要有曳撒、道袍、贴里、直裰、鹤氅、披风等。以黄色的绫罗为主，上绣龙、翟纹及十二章纹。明代的龙，形象更加完善，它集中了各种动物的局部特征，头如牛头、身如蛇身、角如鹿角、眼如虾眼、鼻如狮鼻、嘴如驴嘴、耳如猫耳、爪如鹰爪、尾如鱼尾等等。在图案的构造和组织上也很有特色，除传统的行龙、云龙，还有团龙、正龙、坐龙、升龙、降龙等名目。

从明代开始也有了蟒袍，即郡王等贵族都可以穿，只是不能用黄色，其他官员是不能穿着的，只有得到皇帝亲赐才能穿着，但在穿时必须挑去一爪，以示区别。在明朝，经改制后的龙袍，称为蟒袍，成为明朝职官常服。

明朝的龙袍有红、黄两种颜色，而清代龙袍则以明黄色为主，也可用金黄、杏黄等色。据文献记载，清朝皇帝的龙袍绣有九条龙。龙袍的下摆，斜向排列着许多弯曲的线条，名谓水脚。水脚之上，还有许多波浪翻滚的水浪，水浪之上，又立有山石宝物，俗称"海水江涯"，它除了表示绵延不断的吉祥含意之外，还有"一统山河"和"万世升平"的寓意。清代皇帝的服饰基本上分为三大类，即礼服、吉服和便服。

礼服包括朝服、朝冠、端罩、衮服、补服；吉服包括吉服冠、龙袍、龙褂；便服即常服，是在典制规定以外的平常之服。

龙袍，是上下连属的通身袍，比礼服略低一等，是皇帝在一般性的吉庆宴会、朝见臣属的时候穿用的常见礼服，也是我们常常见到的帝王服饰。帝王的服饰上绣有各种寓意吉祥、色彩艳丽的纹饰图案，如龙纹、凤纹、蝙蝠纹、富贵牡丹纹、十二章纹、吉祥八宝纹、五彩云纹等，这些图案只为封建社会里的帝王和少数高官所用，并不普及。龙、凤纹向来是帝、后的象征，除了帝、后之外任何人不得使用。十二章图案，自它在中国图纹中出现就是最高统治者的专有纹饰，一直到封建帝制的灭亡，只应用在帝、后的服饰和少数亲王、将相的服饰上，从未在民间出现过。

除了龙袍，还有一种服饰也非常珍贵，这就是金缕玉衣。即使是在科技发达的现代，也没办法复制出金缕玉衣。历史上的金缕玉衣是给死人穿的，是一件陪葬品。因为古人觉得金玉这些东西不仅可以彰显身份，而且玉石还特别有灵气，可以守护灵魂，更关键的是，这些东西可以防腐，是最天然的防腐剂。

金缕玉衣也并不是在一件衣服上缝上几个玉片就好了，而是真的把一块块的和田玉石打磨成长方形的小玉片，然后打孔，再用金线穿到里面，做成一件类似铠甲的衣服，包裹在尸体外面，做天然的防腐剂陪葬。

　　金缕玉衣，可以说是历史上的一个未解之谜，它的技术至今无人能够破解，它的材质也是金贵异常，让人惊叹。

第六章 红楼服饰中的汉服文化及胡服文化

红楼服饰是一部汉服大集合，把《红楼梦》当作服饰样本来看，看的就是中国传统服饰和汉服的精妙。红楼服饰的材质多种多样，有云锦、缂丝、孔雀毛、野鸭子毛、狐皮、羊皮等等，款式则有"窄裉袄""银鼠褂""洋绉裙""背心""水朝靴""大袄""花绫裤""霞帔""披风""皮裙""棉裙""斗篷""对衿褂""蟒袍"等。光研究其中的服饰文化，就可自成一派，成为服饰大家。

要讲汉服文化，就要从"汉服"这个词说起。很多人认为汉服是汉朝的服饰，其实这是不全面的，汉服是指汉族的服饰，也是华夏民族的服饰，又称汉衣冠、汉装、华服。汉族之外的民族服饰，以前称为胡服，当然现在每个民族也都有自己的服饰名字，比如蒙古服、回服、朝鲜服等等。胡服我们后面再介绍，先介绍下汉服。汉服早在周朝就已经定型了，秦朝传承了这种服饰，到了汉朝已形成了完备的冠服体系。

但是也有一些观点认为，汉服的形成更早。例如，《史记》中有"华夏衣裳为黄帝所制""黄帝之前，未有衣裳屋宇。及黄帝造屋宇，制衣服，营殡葬，万民故免存亡之难"等句。在未有考古实物支持的年代，汉服最早应该出现在殷商时期。约五千年前，中国在新石器时代的仰韶文化时期，就产生了原始的农业和纺织业，开始用织成的麻布来做衣服，黄帝的妻子嫘祖发明了饲蚕和丝纺，人们的衣冠服饰日臻完备。殷商以后，冠服制度初步建立，西周时，服饰制度逐渐完善，并形成了以"天子冕服"为中心的章服制度。春秋战国时期，衣服的款式空前丰富，主要表现在深衣和胡服上。周代后期，由于政治、经济、思想文化都发生了急剧的变化，特别是百家学说对服饰的完善有着一定的影响，诸侯国间的衣冠服饰及风俗习惯都开始有着明显的不同，并创造了深衣。冠服制被纳入了"礼治"的范围，成了礼仪的表现形式，从此中国的衣冠服制更加详备。古时上下通行之衣为深衣，代表时代特征的服装亦为深衣，深衣实可为古服之特征。言古服者，应先及之。何谓深衣，《礼记·

深衣》孔氏正义曰：

  所以称深衣者，以余服则，上衣下裳不相连，此深衣衣裳相连，被体深邃，故谓之深衣。

  总之，深衣之制，实为古衣之首，深衣领袖群衣，不独在其制度形式，且上下通服，在时间上流行最久。

  汉服的历史悠久，而它的记载也繁多，如：

  简四四"美人四人，其二人楚服，二人汉服"。

——《西汉简牍》

  数来朝贺，乐汉衣服制度。

——《汉书》

  裳人，本汉人也。部落在铁桥北，不知迁徙年月。初袭汉服，后稍参诸戎风俗，迄今但朝霞缠头，其余无异。

——《蛮书》

汉裳蛮，本汉人部种，在铁桥。惟以朝霞缠头，馀尚同汉服。

——《新唐书》

辽国自太宗入晋之后，皇帝与南班汉官用汉服；太后与北班契丹臣僚用国服，其汉服即五代晋之遗制也。……汉服，黄帝始制冕冠章服，後王以祀以祭以享。……会同中，太后、北面臣僚国服；皇帝、南面臣僚汉服。乾亨以后，大礼虽北面三品以上亦用汉服；重熙以后，大礼并汉服矣。

——《辽史》

诸国使人，大辽大使顶金冠，后檐尖长，如大莲叶，服紫窄袍，金蹀躞；副使展裹金带，如汉服。

——《东京梦华录》

金天命己酉，太宗禁民汉服，令俱秃发。

——《清稗类钞》

霓裳钗影 话红楼

不同朝代，汉服的形制也不相同，比如襦裙到明朝就变成了马面裙，唐朝是齐胸襦裙，其他朝代则是齐腰襦裙。曲裾在唐朝以后就很少见了，服饰随着朝代的变换渐渐有了变化，但是汉服的组成部分是没有变化的，汉服主要分为领、襟、衽、衿、裾、袖、袂、带、祓等十部分。领，就是领子，我们现在也有很多不同款式的领子，比如衬衫的直角领和圆领，还有T恤的圆领、V领、一字领。汉服跟我们日常穿的衣服一样，也有很多不同的领子，有交领、直领，在汉服中左侧的衣襟与右侧的衣襟交叉于胸前的时候，就自然形成了领口的交叉，所以形象地叫作"交领"。交领的两直线相交于衣中线左右，代表传统文化的对称学，显出独特的中正气韵，代表做人要不偏不倚。如果说汉服表现天人合一的话，交领即代表天圆地方中的地，地即人道，即方与正。而袖子，则是圆袂，即代表天圆地方中的天圆。这种天圆地方学在汉服上的表现也是中国古代文化的体现。汉服的领型最典型的是"交领右衽"，就是衣领直接与衣襟相连，衣襟在胸前相交叉，左侧的衣襟压住右侧的衣襟，在外观上表现为"Y"字形，形成整体服装向右倾斜的效果。衽，本义衣襟。左前襟掩向右腋系带，将右襟掩覆于内，称右衽，反之称左衽。这就是汉服在历代变革款式上一直保持不变的"交领右衽"

传统，也和中国历来"以右为尊"的思想密不可分，这些特点都明显有别于其他民族的服饰。接下来是"直领"和"盘领"。直领就是领子从胸前直接平行垂直下来，而不在胸前交叉，有的在胸部有系带，有的则直接敞开而没有系带。这种直领的衣服，一般穿在交领汉服外面，罩衫、半臂、褙子等日常外衣款式中经常运用。盘领是男装中比较多见的一个款式，领型为盘子状的圆形，在汉唐官服中有采用，也是右衽的，在右侧肩部有系带，也就是说汉服的扣子一定是在右边的，这是汉服跟胡服之间最重要的一个区别。裾的长度分为腰中、膝上、足上。根据裾的长短，汉服有三种长度：襦、袍、深衣。袖子与襟裾的接缝称为袼，袖口称为祛。一套完整的汉服通常有三层：小衣（内衣）、中衣、大衣。

接下来讲汉服的广袖。在胡服骑射之前，汉服的袖子都是广袖，自古就有礼服褒衣博带、常服短衣宽袖之说。与同时期西方的服装对比，汉服在人文关怀方面具有不可争辩的优异性。当西方人用胸甲和裙撑束缚女性身体发展时，宽大的汉服已经实现了放任身体随意舒展的特性。虽然袖宽且长是汉服中礼服袖型的一个显著特点，但是，并非所有的汉服都是这样。汉服的礼服一般是宽袖，显示出雍容大度、典雅、庄重、飘逸灵动的风采。一直以来，汉服袖子的标准样式就是圆袂收祛，先秦到汉朝所反映的实物无一例外都是如此。一直以来，除了唐以后在常服中有敞口的小袖外，汉服袖的主流依然是圆袂收祛。"袖宽且长"是汉服礼服袖型的主要特点，但不是唯一的款式特点，汉服的小袖、短袖也比较多见，主要有以下几种用法：参与日常体力劳动的庶民服装、军士将领的戎服、取其紧袖保暖的冬季服装等。有时候历史上各朝代的经济文化和审美关注不同，在袖型上也有不同的表现，比如：汉唐时期贵族礼服多用宽广大袖，宋明时期的常服褙子多用小袖。

汉服中的隐扣，包括有扣和无扣两种情况。一般情况下，汉服是不用扣子的，即使有用扣子的，也是把扣子隐藏起来，而不显露在外面。一般就是用带子打个结来系住衣服。同时，在腰间还有大带和长带。所有的带子都是用制作衣服时的布料做成的。一件衣服的带子有两对，具有实用性，左侧腋下的一根带子与右衣襟的带子是一对，打结相系，右侧腋下的带子与左衣襟的带子是一对相系，将两对带子分别打结系住完成穿衣过程。另外一种是腰间的大带和长带子，它不仅有实用性，而且有装饰性，另外还有象征性意义。汉服的大带与和服相比，和服的更宽。

了解了汉服的基本特点之后，接下来就看看各朝各代的汉服各有怎样的特点。

秦朝以前的汉服一般包括中衣、曲裾、深衣等，秦统一中国以后，建立了各项制度，其中也包括衣冠制度。

汉代之初，大体沿袭了秦制。西汉男女服装，仍沿袭深衣形式。蝉衣内有中衣、深衣。西汉时典型的女子深衣，有直裾和曲裾两种，裁剪已经不同于战国深衣。西汉男子深衣外衣领口詹宽至肩部，右衽直裾，前襟下垂及地，为方便活动，后襟自膝盖以下作梯形挖缺，使两侧襟成燕尾状。汉代女子劳动时喜欢上着断襦，下着长裙，敝屣上面装饰腰带长垂；汉代男子劳动时上着断襦，下着犊鼻裤，并在衣外围罩布裙，士农工商皆可穿着。至东汉明帝时期，参照三代和秦的服饰制度，确立了以冠帽为区分等级的汉代冠服制度。服饰在整体上呈现凝重、典雅的风格。秦汉时期的男子，主要穿着的是一种宽衣大袖的袍服，袍服分为曲裾袍和直裾袍两类，除了祭祀和朝会以外，其他场合均可穿着。汉代的另一个特点是实行配绶制度。女子一般都将头发向后梳掠，绾成一个髻。髻式名目繁多，不可胜举。此外贵族女子头上还插步摇、花钗作装饰。奴婢则多用巾裹头。汉代女子的礼服是深衣，与战国时不同，还有穿襦裙和裤的。汉代对鞋也有严格的等级规定。

魏晋南北朝时期的服饰，受到社会政治、经济、思想等方面的影响，由魏晋的仍循秦汉旧制，发展到南北朝时期各民族的相互影响、相互吸收、渐趋融合。这一时期的服饰主要以自然洒脱、清秀空疏为特点。用巾帛包头，是这个时期的主要首服。较为流行的是一种在小冠上加笼巾的"笼冠"。这个时期汉族男子的服装主要是袖口宽大、不受衣祛约束的衫。汉族女子的发饰也颇具特点，主要是假髻。魏晋时期妇女服装承袭秦汉的遗俗，在传统基础上有所改进，一般上身穿衫、袄、襦，下身穿裙子，款式多为上俭下丰，衣身部分紧身合体，袖口肥大，裙为多褶裥裙，裙长曳地，下摆宽松，从而达到俊俏、潇洒的效果。

唐代服饰承上启下，法服和常服同时并行。法服是传统的礼服，包括冠、冕、衣、裳等；常服又称公服，是一般性正式场合所着服饰，包括圆领袍衫、幞头、革带、长筒靴等。品色衣至唐代已形成制度。平民多着白衣。唐代女子的髻式繁复，还有在髻鬟上插金钗、犀牛梳篦的，贵族女子面部化妆成鹅黄、花钿、妆靥等。唐代女服主要为裙、衫、帔。襦裙是唐代妇女的主要服式。在隋代及初唐时期，妇女的短襦都用小袖，下着紧身长裙，裙腰高系，一般都在腰部以上，有的甚至系在腋下，并以丝带系扎，给人一种俏丽修长的感觉。

中唐时期的襦裙比初唐的较宽阔一些，其他无太大变化。

宋代服饰大体上沿袭了隋唐旧制。但由于宋朝长年处于内忧外患交并之中，加上程朱理学等因素的影响，这一时期的服饰崇尚简朴、严谨、含蓄。唐代的软脚幞头这时已经演变成内衬木骨、外罩漆纱的幞头帽子。皇帝和达官显宦戴展脚幞头，公差、仆役等戴无脚幞头，儒生戴头巾。宋代男子服装仍以圆领袍为主，官员除祭祀朝会都穿袍衫，并以不同的颜色区分等级。宋代女子的发式以晚唐盛行的高髻为贵，簪插花朵已成风习。宋代的女裙较唐代窄，而且有细褶。衫多为对襟，覆在裙外。

元朝时期长衣统称为袍，其样式南北方差异不大，但材料贵贱精粗，却有悬殊。汉族男性发式变化不多，但北方的汉族女性发式较前简化。

明朝建立之初曾力图消除元朝蒙古族服制对汉服的影响，"悉命复衣冠如唐制"，但未能完全贯彻执行，至洪武二十六年才开始确定了许多服制。明朝时期棉布得到普及，普通百姓衣着用料有所改善。明代官员的主要首服沿用宋元幞头而稍有不同。普通百姓服装或长、或短、或衫、或裙，基本承袭了传统服饰样式，并且品种十分丰富。明朝时期，一般人所戴的帽，除了过去流传下来的，朱元璋又亲自制定了两种，颁行全国，士庶通用，即六合一统帽和四方平定巾。

清朝的服饰就不能算作汉服了，他们的旗头旗装可算在胡服一列。在电视剧中大家也都会看到这样的场景，就是清军入关之后给汉族的男人们剃头，还有"十从十不从"，即服装上男从女不从，生从死不从，阳从阴不从，官从隶不从，老从少不从，儒从而僧道不从，倡从而优伶不从，仕宦从而婚姻不从，国号从而官号不从，役税从而语言文字不从。男从女不从，意思是女人可以裹小脚，而男人必须把前额的头发都剃光了。所以清军入关的时候，虽然接受了许多汉族的文化，但是在服饰文化这方面，他们还是保留了自己的民族特色。

接下来介绍下汉服的一些配饰，以及汉服的一些礼仪文化。先讲讲古人的内裤。古代的内裤比汉服出现的时间要晚很多，最初的内裤，是一条由很多块布料拼接而成的长裤。除了裤脚要裁剪之外，腰身也要重新装罗纹。一条裤子至少要四五片布料，而汉服的内裤只要前后两片布料缝上就好了。这样的裤子方便制作，但是穿起来不舒服，直到后面一步步地改良、演变，才有了我们在影视剧中看到的那种内裤。

古人的内衣就是肚兜。古人的肚兜,不仅女子要穿,小男孩也会穿。红楼中也有一处讲贾宝玉穿肚兜的:

> 说着,一面就瞧她手里的针线。原来是个白绫红里的兜肚,上面扎着鸳鸯戏莲的花样,红莲绿叶,五色鸳鸯。

这段袭人替贾宝玉绣鸳鸯肚兜的情节,熟悉和喜欢红楼的人都不会陌生,当时的贾宝玉已经不小了,但是他睡觉的时候还穿着肚兜,而袭人也是为了让他愿意睡觉的时候穿着肚兜,所以要将肚兜绣得很漂亮。贾宝玉绝不是特例,其实那时候穿肚兜的男孩子比比皆是,只是他的年纪有些大罢了。

除了内衣内裤,还有一样跟汉服密不可分的小物件,就是睡鞋。古人睡觉的时候是要穿鞋子的。古人有两种鞋子,一种是平常穿的鞋子,各种款式,春夏秋冬都有,还有一种就是睡鞋,这是今天没有的。古人觉得即使在夏天,也是有寒气的,所以他们睡觉的时候就要穿上睡鞋。他们的睡鞋类似于我们现在的老布鞋,但是鞋底只有一层布。不过古人的睡鞋要比我们现在的鞋子精致多了,尤其是后期的女人都是三寸金莲,她们的鞋子都可以当作男人的酒杯,这也可以侧面印证出当时的睡鞋有多精致。

古人在小物件上面都这么讲究,在饰品方面就更加精益求精了。比如头上戴的发簪、发钗、步摇,脖子上挂的璎珞项圈,腰间佩戴的玉璧、玉佩、香囊,还有小荷包,以及女孩子手上佩戴的各种镯子,等等。

介绍完这些穿的、佩戴的,再来说说古代汉服的流行趋势。我们现在的流行趋势是由全世界各地的时尚大师决定的,而古代衣服的流行趋势则是由大文豪和有身份地位的人决定的。比如说孔子喜欢颜色亮丽的衣服,那么他的弟子以及他的门客,自然都是穿得五颜六色的。而老子喜欢黑白的衣服,所以道家的弟子自然都是身着黑白服饰。赵飞燕一曲掌中舞,带火了留仙裙,那一段时间宫里宫外的女人们自然都是追逐留仙裙的。清代戏剧家李渔只喜欢一种颜色,所以那时候的人就喜欢穿同色系的衣服。

接下来讲讲汉服的礼俗文化。孔子对汉服礼俗文化的推广做了很大的贡献。孔子身为圣贤,行为举止自然有自己的一套规矩。比如,在当时大家都穿着襦裙的时候,孔子要求他的门徒们不能随便岔开腿就坐,而是要双腿并拢跪坐在席子上。如果跷着二郎腿,或者是岔开腿坐,很容易走光,在外人看来也不雅观。现在日本还一直延续着我们古人的跪坐礼仪，他们一般都是在榻榻米上跪坐的。除了跪坐之外，孔子对于弟子或者朋友的言行举止都有一定的要求，作揖、行礼、饮食、喝茶、饮酒等等都有自己的一套规范，还有祭祀、朝圣、给长辈和平辈行礼，等等，山东地区至今还保留着孔子的这一套礼仪。

孔子发明了跪式坐法，而佛教则是将盘腿坐发扬光大。现在依旧还有许许多多的人，参禅、礼佛的时候使用盘腿坐法。而与我国相邻的韩国，也是这一坐法的铁杆追随者。看过韩剧的人都知道，韩国的大妈、奶奶们，坐的时候就是一只脚垂直在地面上，手靠在上面，另一只脚弯着放在地上的。现在这种坐法不是很常见了，看看韩剧的古装剧，里面的人都是这样坐的，有两只脚盘腿坐的，也有一只脚盘腿，另一只脚垂直，手放在脚上的。

中国传统文化不仅仅对日韩有很深的影响，对整个东南亚都有着很深的影响，比如说服饰方面。

早在五胡乱华之时，中原地区的人们纷纷逃亡到南方，不仅保留了中原文明的火种，还逐渐把江南开发成繁华富庶之地，这一事件史称"衣冠南渡"。汉服由于华夏儒家王道文化的传播而影响深远，周边民族以及许多儒家文化圈（汉文化圈）国家，通过效仿华夏礼仪制度，借鉴了汉服的某些特征，用于吉凶宾军嘉五礼。此外，华夏宾礼也规定四夷之君必须穿本国服饰朝见中国天子，谓"番主服其国服"。汉唐藩属体制中，周边民族首领存在着定期朝见皇帝的所谓"朝集"制度。无论是外国君主及其使者或者臣子朝谒中国天子、接受官职、贡献方物，还是中国天子宴请外国君主，外国君主都要穿国服奉礼。国服制度促使了周边民族形成自己的民族服饰。比如，契丹太宗入晋，接触到中原衣冠制度，北归后，参照中原服制制定了本朝国服与汉服制度。历朝的《职贡图》中便描绘了他国国使的服饰。

北魏孝文帝大力推行一系列汉化政策，主要内容有：禁止穿鲜卑服装，一律改着汉服；禁止说鲜卑话，以汉语为唯一通行语言；凡迁到洛阳的鲜卑人，一律以洛阳为籍贯，死后葬在洛阳，不准归葬平城。

受中国文化影响最深的莫过于日韩两国，尤其是日本，他们的日文也有很多中文的影子，日本的文字，中国人看也能看个百分之六七十。日本有各种道文化，如武士道、茶道、香道、花道、跆拳道，等等。道，已经成了一种日本独有的文化。道这种形式起源于日本，但是道教起源于中国。日本讲究形式化，而他们的形式化就像是他们的和服一样。和服给人的第一感觉像包粽子一样，裹得紧紧的。第二感觉就是华丽，各种绸缎精美异常，腰带更是十分精致。和服在日本还被称为"着物"或者"吴服"，意思是从中国的吴地（今江浙一带）传来的服装。

和服的起源要追溯到日本的奈良时代，也就是中国的盛唐时期。大唐盛世，版图宏大，唐朝人思想也比较开放。当时的国策是打开国门，接受各个国家的朝拜，所以当时日本派出大量遣唐使到中国学习文化艺术、律令制度，这其中也包括衣冠制度。当时他们还模仿唐制颁布了《衣服令》《养老令》，模仿唐朝朝服制度用于即位礼、冠礼、婚礼等周礼仪式。元正天皇下令全日本改用右衽。

可能很多人觉得不可思议，唐朝的齐胸襦裙跟日本和服怎么可能有联系呢？这个想法源于对汉服的不了解，对齐胸襦裙更是不了解。首先齐胸裙的特点不是低胸，而是脖子后面比较露，能够露到颈椎部分。有人曾说过，旗袍的性感是一种包裹式的美，但是比起和服还是稍欠火候，毕竟衩开高了，而且太过单薄。而真正包裹式的性感美，是和服，因为它主要露在脖子，正好是把最美最性感的部位露出来。而这种露法正是来自唐朝的齐胸襦裙。除了和服领子部分模仿了中国的汉服，它的包裹式设计也是来自传统的中国汉服。

汉朝流行曲裾服饰，而和服的包裹式设计，就是模仿汉服中曲裾的设计。

再说说日本男子的和服，他们的裤腿特别大，远看像极了汉服中的襦裙。日本人一直很喜欢穿木屐，木屐也是来自中国的设计。有这么一句诗：脚著谢公屐。这在当年还是登高鞋呢。中国的木屐也有很重要的地位，那时流行夹脚拖式的木屐，我们现在穿的人字拖，最初的灵感就是来自汉服中的木屐。不过，和服跟韩服相比还是动了很多脑筋的，它并不是将某个朝代的衣服直接拿来用，而是根据自己的民族特色，结合各朝各代的服饰特点，综合了一下，最后出来了一套和服。而且和服的腰带要比汉服的腰带粗很多，他们现在的纺织技术也是非常了得。

朝鲜直接按照唐朝的齐胸襦裙，稍作改良之后就变成了韩服。而这种根据汉服改良过的韩服跟汉服的主要不同之处在于女服裙子束得特别高，而且下摆十分宽大、蓬松。

除了日韩之外，越南也是中国汉服的爱好者。越南古称交趾（中国称作安南），968年，丁部领（丁桓）建立丁朝（大瞿越国），开始成为独立的封建王朝，两年后自称皇帝。在服饰上，尤其是宫廷礼服，几乎就是中国皇帝、大臣朝服的翻版，试以越南末代皇帝保大所着之弁冠、兖服来看，与明朝宗藩服饰如出一辙，不过比之明朝皇帝，其造型显得小一号而已。以汉族帝王的正式礼服——冕旒兖服为例，明代皇帝的冕旒是十二旒的，越南是六旒的。清廷统治中国的两百多年间，与中国南疆山水相连的越南，仍然完好地保存着明式衣冠，如1898年驻云南府（今昆明）的法国领事方苏雅所着龙袍的照片，被许多人误认为古代皇帝的龙袍或者中国戏曲中的装束。实际上，方苏雅所着之服，乃是越南皇帝的朝服，从造型看，和明代宗藩、大臣的朝服一般无二。

外国人向往中国人的汉服，而中国人也向往胡服，物以稀为贵的道理在服饰上仍旧适用。汉服虽然美，但是也有一个缺点，那就是行事不方便，太拖沓了。而胡服完全相反，穿着行事特别方便。古人喜欢穿胡服，而红楼中史湘云也喜欢男装，她曾经穿过贾宝玉的衣服，而贾宝玉对胡人文化也是饶有兴致。原文中就有这样的一段：

因又见芳官梳了头，挽起纂来，戴了些花翠，忙命她改妆，又命将周围的短发剃了去，露出碧青头皮来，当中分大顶，又说：“冬天作大貂鼠卧兔儿带，脚上穿

<small>话红楼</small>

霓裳钗影

虎头盘云五彩小战靴,或散着裤腿,只用净袜厚底镶鞋。"又说:"芳官之名不好,竟改了男名才别致。"因又改作"雄奴"。

贾宝玉让芳官女扮男装,还给芳官取胡人的名字,我们看这一段比较胡闹,但是也能看出贾宝玉对胡服文化的向往。

胡服很早的时候就已经存在了,相对于精致讲究但不方便的汉服来说,胡服比较简单,一般由短衣、长裤和靴组成,衣身紧窄,便于游牧和射猎,方便,实用。当时赵武灵王看看自己的部队穿的丁零当啷的,再看看胡服,他便下定决心改制,引进胡服。这段在《史记·赵世家》中就有所记载。赵武灵王在进行这次服制改革前,也有一些顾虑,他知道要改变周公孔子传下来的衣冠礼仪之制势必会受到谴累,于是便和先王贵臣肥义商议:"今吾将胡服骑射以教百姓,而世必议寡人,奈何?"肥义是一个深明大义的人,他支持武灵王说:"王既定负遗俗之虑,殆无顾天下之议矣。"由此坚定了武灵王的信心:"世有顺我者,胡服之功未可知也。虽驱世以笑我,胡地中山吾必有之。"随即,他又说服了叔父公子成,对一些坚决反对的大臣,武灵王怒而斥之:"先王不向俗,何古之法?帝王不相袭，何礼之循？"他认为每一个适应时代潮流的人，都应懂得"法度制令各顺其宜，衣服器械各便其用"，而不应拘泥古礼，墨守成规。为了给全军做出表率，他带头穿起胡服，并要求身边的将军、大夫、嫡子、代吏全部穿着，从而结束了这场争论。赵武灵王所采用的"胡服"，主要有窄袖短衣和合裆长裤，窄袖短衣便于射箭，合裆长裤便于骑马。和这些服装相配套，当时流行于西域的冠帽、腰带以及鞋履等也一并被采用。事实证明赵武灵王的选择是正确的，胡服的引进大大提高了军队的战斗力。

而喜爱胡服的也不仅赵武灵王一个人，秦始皇统一中国之后，也采用了部分赵国服饰，如《后汉书·舆服志》引胡广所言：

赵武灵王效胡服，以金珰饰首，前插貂尾，为贵职。

秦灭赵，以其君冠赐近臣。

另外，秦代所用的高山冠、术士冠以及武士所穿的黑色之裤，都直接受到胡服影响。直到汉代，这种影响依然存在。汉代武将所戴的大冠，就从"赵惠文冠"演变而来，武士所用的短衣大袍，也是采用胡服遗制。不过这些服饰大多只用于军旅，不通文儒。帝王

霓裳钗影 话红楼

百官朝祭之服和燕居之服，仍用周制。胡服进入中原是在东汉灵帝时，汉灵帝刘宏是个崇"胡"迷，他出于个人的喜好，置传统礼制于不顾，一味追求效仿胡俗，不仅穿着胡服，而且全盘采用胡人的生活方式。上之所好，下必甚焉，他的这一举动，也为其他贵族所效仿，以致引起整个京都胡俗盛行。《后汉书·五行志》中就有记载：

> 灵帝好胡服、胡帐、胡床、胡坐、胡饭、胡箜篌、胡笛、胡舞。京都贵戚皆竞为之。

由于灵帝沉溺于胡俗，不亲朝政，国家大权旁落于宦官之手，致使党锢之祸复起，阶级矛盾激化，最后导致黄巾起义的爆发。

到了南北朝，北朝将胡服定为常服，南朝系汉族，仍为戎服，比及隋唐，帝王定为田猎之服，或上下公服，民间则为时服流风最盛。溯其由传入以至兴盛，由军用以至民服，历史悠长，变化复杂。魏晋南北朝300多年，是中国历史上最为曲折的时期，由于长期不断的战争，加上饥荒、天灾和瘟疫，迫使大批北方人民向南方迁移，通过这次大迁徙，许多游牧民族入侵中原，带来了胡服。在南北朝，各少数民族初建政权时，基本上按照本族习俗制定服制，后来受汉文化影响，逐渐羡慕起汉族传统的典章制度，废除了胡俗，代以汉服为礼服。北魏孝文帝就是这方面的代表人物。北魏孝文帝在位时，曾禁止鲜卑胡服。这位皇帝五岁时登上帝位，国家政事长期由他的祖母太皇太后冯氏执掌，冯氏出身汉族，她的生活习俗给小皇帝带来很大影响。太和十四年（490年），冯氏死后，孝文帝开始亲理朝政，他首先将都城从北方平城迁至中原洛阳，随即开始了以汉化政策为中心的改革。他奖励鲜卑族与汉族通婚，共同改革鲜卑旧俗，禁止30岁以下的官员说鲜卑话，将鲜卑复音姓氏改为音近的单音汉姓，孝文帝本人也改姓为元。不仅如此，他对服饰的改革更是不遗余力，明文规定鲜卑人必须穿着汉族服装。一次他在街上看到还有妇女穿着鲜卑族的小袄，回去后便对负责督察的官员大加训斥，可见其对改革的重视程度。历史上将这次大规模的改革，称为"孝文改制"。

有趣的是，在孝文帝推行汉化政策的同时，中原人民的服饰则从北方民族服饰中吸取了不少精华，如将衣服裁制得更加紧身，更加合体。到北齐时，胡服则成为社会上的普遍装束，绝大多数汉人都喜欢穿着胡服，不仅用于家居闲处，而且还用于礼见朝会，连谒见皇帝也不例外。正如《旧唐书·舆服志》所记：

北朝则杂以戎夷之制,止北齐有长帽短靴,合胯袄子,朱紫玄黄,各任所好,虽谒见君上,出入省寺,若非元正大会,一切通用。

沈括在《梦溪笔谈》一书中也说:

中国衣冠,自北齐以来,乃全用胡服,窄袖,绯绿短衣,长靿靴,有蹀躞带,皆胡服也。窄袖利于驰射,短衣、长靿皆便于涉草。带衣所垂蹀躞,盖欲佩带弓剑、帉帨、算囊、刀砺之类。

短衣长裤是这个时期北方民族的主要服式,衣式一般多用窄袖,长至胯部,很少有过膝的,下摆部分通常做得比较紧窄,也不开衩,故名"合胯袄子"。从史书记载来看,这个时期汉族人民从北方民族那里仿制的服饰还有突骑帽、郭络带和吉莫靴等。

到了唐朝时期,胡服发展到了顶峰,当时的男男女女都喜欢穿胡服。唐朝胡服的原型来自于伊朗萨珊王朝的卡弗坦。天宝年间,女子流行穿胡服骑马。这种胡服的特征是翻领、对襟、窄袖。这在陕西等地的墓中壁画有大量反映。新疆吐鲁番阿斯塔那出土的绢画中也有身着这类服装的妇女。唐代流行于西域地区以及波斯等国的胡服卡弗坦，形制为锦绣浑脱帽，翻领窄袖袍，条纹小口裤和透空软锦鞋。流行的原因是初唐至盛唐时期，中原与西域经济文化交往及胡舞的兴盛。到了宋明时期，汉族皇帝又颁布法令禁止胡服和胡俗，复兴汉服和汉文化。据王国维《胡服考》记载：

> 唯唐代胡服，何以兴盛，不外以下三因，一唐代胡人，杂居内地，为数众多，二贵族阶级，废古之席坐，而为胡人倚坐，三朝臣侍从，弃车而尚骑马。

《新唐书·五行志》中也记有"天宝初，贵族及士民好为胡服胡帽"的史实。

唐代所谓的胡服，不单指少数民族的服装，还包括大量异国之服。唐代是中国封建社会发展史上的巅峰时期，当时的首都长安，不仅是中国经济文化中心，也是世界著名的都会和东西文化交流中心。据史书记载，和唐朝政府有来往的国家，先后有300多个。当时的长安城内不仅居住着汉族人、回纥人、龟兹人、南诏人，还有大量的外国人，如日本人、新罗（朝鲜）人、波斯（伊朗）人、阿拉伯人、越南人及印度人等。这些兄弟民族和外国使者云集长安，从中国文化中取吸了大量精华，直到今日，在中国东邻地区的一些国家，如日本、朝鲜等地，仍保留着中国传统的服制。中国人民也从异族文化中获取了不少有益的东西，胡服在中原地区的流行，就是其中一个具体的反映。

和以往相比，唐代崇尚胡服的一个显著特点，就是妇女着胡服者甚多。这种现象与当时的文化生活有密切关系，尤其是胡舞的流行，对妇女服装的变化带来了很大的影响。唐人喜欢舞蹈，穿胡服卡弗坦的唐人尤其喜欢跳胡舞。据说唐玄宗、杨贵妃都是善胡舞的能手，由于统治者的提倡，胡舞在民间也非常盛行，用白居易的话来说，一时间"臣妾人人学团转"，简直到了入魔的程度。因为对胡舞的崇尚，发展到对胡服的模仿，进而出现了胡妆盛行的情况。正如元稹《法曲》一诗所称：

　　女为胡妇学胡妆，伎进胡音务胡乐。……胡音胡骑与胡妆，五十年来竞纷泊。

唐天宝三年，回纥族在蒙古高原建回纥汗国，接受唐朝册封，从此与汉族关系密切。这个民族的服装，曾经令许多汉族妇女着迷，尤其在宫廷妇女中广为流行。花蕊夫人在她的《宫词》中就曾写道："明朝腊日官家出，随驾先须点内人。回鹘衣装回鹘马，就中偏称小腰身。"

宋代理学盛行，对于外来文化，不像唐代那样采取兼收并蓄的态度，而偏向于保守。另一方面，在这个时期，北方的契丹、女真力量逐步强大，对宋朝政权造成很大威胁，宋朝的统治者非常惧怕胡风的渗透和蔓延，同时也担心汉人穿着胡服之后，出入市井难以分辨，所以千方百计地加以阻拦。据《宋史·舆服志》等书记载，在两宋时期，朝廷曾多次下令禁止民间效仿胡俗、穿着胡衣。如仁宗庆历八年，诏"禁士庶效契丹服及乘骑鞍辔。妇人衣铜绿兔褐之类。"宋徽宗大观四年，诏"京城内近日有衣装杂以外裔形制之人，以戴毡笠子、著战袍、系番束带之类，开封府宜严行禁止。"尽管多次申饬，但并没有完全奏效，民间男女仍然有穿胡服者。以至于南宋学者朱熹也在《朱子语类》中以愤愤不平的口吻记述道：

  今世之服，大抵皆胡服，如上领衫、靴、鞋之属。先王冠服，扫地尽矣。中国衣冠之乱，自晋五胡，后来遂相承袭，唐接隋，隋接周，周接元魏，大抵皆胡服。

所以，宋徽宗不得不在政和七年再次规定：

敢为契丹服若毡笠、钓墩之类者，以违御笔论。

和宋代相比，明代就显得开明一些。

明朝从蒙古族手中夺得政权后，对整顿和恢复传统的汉族礼仪十分重视。在刚建立政权时，统治者也曾下令禁止胡服，同时还不许使用胡语、胡姓。后来政局相对稳定，有关禁令逐渐减少。在制定服制时，也开始吸收了一些颇有特色的元朝服饰。

清朝服饰不属于汉服体系，但改良自满族旗装的旗袍，也成为现在中国女性服饰的代表之一，闻名于海内外。

第七章 云锦与蜀锦勾勒出的壮丽山河

锦缎是富贵人家不可缺少的一种服饰搭配,在红楼中也有不少关于锦缎的描写,王熙凤与贾宝玉出场的时候就穿着锦缎的衣裳:

> 这个人打扮与众姑娘不同,彩绣辉煌,恍若神妃仙子:头上戴着金丝八宝攒珠髻,绾着朝阳五凤挂珠钗,项上戴着赤金盘螭璎珞圈,裙边系着豆绿宫绦双鱼比目玫瑰佩,身上穿着缕金百蝶穿花大红洋缎窄裉袄,外罩五彩刻丝石青银鼠褂,下着翡翠撒花洋绉裙。

这是王熙凤的穿着,此服饰为百蝶穿花的大红织金缎窄身袄。织金又名库金,因织成后输入宫廷的缎匹库而得名。

再看看贾宝玉的出场：

> 已进来了一位年轻的公子：头上戴着束发嵌宝紫金冠，齐眉勒着二龙抢珠金抹额，穿一件二色金百蝶穿花大红箭袖，束着五彩丝攒花结长穗宫绦，外罩石青起花八团倭缎排穗褂，登着青缎粉底小朝靴。……项上金螭璎珞，又有一根五色丝绦，系着一块美玉。

这里的"二色金"，全称为二色金库锦，花纹全部用金、银两种线织出。一般以金线为主，少部分花纹用银线装饰。百蝶穿花，纹饰图案。

中国古代的锦缎品种繁多，有云锦、蜀锦、宋锦、壮锦等，南京云锦是中国传统的丝制工艺品，有"寸锦寸金"之称，至今已有近1600年历史，因其色泽光丽灿烂、美如天上云霞而得名，浓缩了中国丝织技艺的精华，是中国丝绸文化的璀璨结晶。它是在继承历代织锦的优秀传统基础上发展而来的，代表了中国丝织工艺的最高成就。云锦用料考究，织造精细，图案精美，锦纹绚丽多姿，集历代丝织工艺之大成，又融会了其他各种丝织工艺的宝贵经验，达到了丝织工艺的巅峰状态。南京云锦和《红楼梦》都是我国文化瑰宝，它们之间也有着紧密的联系。

南京云锦始于六朝而盛于元明清。元明清三朝都在南京设有官办织造，而清初在江宁（今南京）设立的江宁织造，使我国织锦产业达到了最顶峰，这与曹家和康熙皇帝的亲密关系是分不开的。曹家三代四人任江宁织造达58年之久，曹雪芹就是诞生在江宁织造这个"钟鸣鼎食之家，翰墨诗书之族"，并在此度过了"锦衣纨绔之时，饫甘餍肥之日"的童年，耳濡目染了这个世家所发生的一切。因此，他后来创作《红楼梦》时，有许许多多的人和事就是以江宁织造署中的人和事为蓝本的，其中不乏以南京云锦为服饰或实用物的。

《红楼梦》中的服饰琳琅满目，这些服饰的原料，不离棉、皮毛、羽毛和丝绸等，其中丝绸品种（特别是云锦）的丰富多彩，是曹雪芹童年富贵生活的留影，也给《红楼梦》的服饰描写烙上了世族大家印迹。

《红楼梦》中荟萃的丝绸品种最少也有十多种，其中主要有缎、锦、纱、绸、绢、绫、纨、绉、妆花等，而妆花则是云锦中最为名贵的品种。

除了第三回王熙凤前往贾母处会见林黛玉时,"身上穿着缕金百蝶穿花大红洋缎窄裉袄"和同一回中写到宝玉会见黛玉时,"穿一件二色金百蝶穿花大红箭袖",还有不少与锦缎有关的描写。

如第八回写宝玉在梨香院探望宝钗时,见宝钗穿着"玫瑰紫二色金银鼠比肩褂"。第十五回写宝玉举目见北静王水溶时,水溶"穿着江牙海水五爪坐龙白蟒袍"。龙袍、蟒袍下端斜向排列的弯曲线条称水脚,水脚之上有波涛翻滚的水浪,水浪之上又有山石宝物,俗称江牙海水,除表示吉祥绵续,还寓有一统山河、万世升平之意。

《红楼梦》中多处提到蟒缎,蟒缎是云锦妆缎中织蟒纹的品种,据《关于江宁织造府曹家档案史料》载,雍正三年三月十五日内务府奏折中,有皇帝用满地风云龙缎、大立蟒缎、妆缎等名目。可见蟒缎属于高档富贵的服饰用料,非普通人家所能享用。

第三回中写王夫人耳房内"正面设着大红金钱蟒靠背,石青金钱蟒引枕,秋香色金钱蟒大条褥"。金钱蟒是织有小团龙纹样的蟒缎,也是蟒缎品种中的一种。

第四十九回写史湘云"里头穿着一件半旧的靠色三镶领袖、秋香色盘金、五彩绣花窄小袖掩襟银鼠短袄,里面短短的一件水红装缎狐肷褶子"。其中装缎即妆花缎,是云锦中最华丽最具代表性的传统品种。

妆缎是元明清以来宫廷专用丝织品,在当时是"上用缎匹"的一种,也称为云锦。《红楼梦》中还直接写到过"上用"织物之事。第五十六回中写道:

> 只见林之孝家的进来,说:"江南甄府里家眷昨日到京,今日进宫朝贺,此刻先遣人来送礼请安。"说着,便将礼单送上去。探春接了,看道是:"上用的妆缎蟒缎十二疋,上用各色宁绸十二疋,上用京绸十二疋,上用缎十二疋,上用纱十二疋,上用各色绸缎四十疋。"

曹家历任江宁织造近60年,故曹雪芹对上用锦缎极为熟悉。《红楼梦》中,曹雪芹描绘的雍容华贵的云锦服饰,出现在2003年中央电视台春节联欢晚会上及《过年七天乐》节目中,主持人倪萍、周涛、朱军、李咏、毕福剑等,身着用南京云锦制成的礼服,为亿万观众所瞩目。

此外,《红楼梦》中还多处写到"卍字锦",第十七回写道:

说着，引人进入房内，只见这几间房内收拾的与别处不同，竟分不出间隔来。原来四面皆是雕空玲珑木板，或"流云百蝠"，或"岁寒三友"，或山水人物，或翎毛花卉，或集锦，或博古，或卍福卍寿。

第十九回写道茗烟按着一个女孩子，也干那警幻所训之事，被宝玉撞见，茗烟忙跪求不迭。

宝玉因问："名字叫什么？"茗烟大笑道："若说出名字来话长，真真新鲜奇文，竟是写不出来的，据她说，她母亲养她的时节做了梦，梦见得一匹锦，上面是五色富贵不断头的'卍'字花样，所以她的名字叫万儿。"

"卍"字乃古代的一种符咒、护符或宗教标志，通常被认为是太阳或火的象征。"卍"字在梵文中作室利磋，意为"吉祥之所集"。武则天长寿二年规定此字读为"万"。

"卍"传入我国，作为一种图案花纹，在建筑业、丝织业中被历代艺人所广泛采用。"卍"现在南京云锦研究所，尚保存有"江宁织造局制"石青色底不断头"卍"字花纹的"织金锦"。

江南织造之制，自明景泰初已盛行，后旋罢旋复，终明之世。清军攻下南京后，于康熙二年以曹雪芹的曾祖父曹玺为首设江宁织造。这就是说"卍"字花纹的"织金锦"在曹家主持江宁织造局以前就有了，想必江宁织造局亦沿织下来。曹雪芹从小生长在江宁织造局的生活圈子里，耳濡目染，尔后将"卍"字"随笔成趣"，写入《红楼梦》中也是不奇怪的。

纱罗是一种质地轻薄、组织稀疏的丝绸织品，"方孔曰纱，椒孔曰罗"，古人常以"蝉翼""轻烟"来比拟轻薄柔软的纱罗，《红楼梦》第四十回中贾母称纱罗为"软烟罗""霞影纱"。贾母介绍织物"软烟罗"时说：

> 那个软烟罗只有四样颜色，一样雨过天青，一样秋香色，一样松绿的，一样就是银红的。……那银红的又叫做霞影纱，如今上用的库纱，也没有这样软厚轻密的了。贾母因见（潇湘馆）窗上纱的颜色旧了，便和王夫人说道："这个纱新糊上好看，过了后来就不翠了。这个院子里头又没有桃杏树，这竹子也是绿的，再拿这绿纱糊上反倒不

霓裳钗影 话红楼

配。我记得咱们先有四五样颜色糊窗的纱呢,明儿给她把这窗上的换了。"凤姐儿忙道:"昨儿我开库房,看见大板箱里还有好些银红蝉翼纱,也有各样折枝花样的,也有流云蝙蝠花样的,也有百蝶穿花花样的,颜色又鲜,纱又轻软,我竟没有见过这样的。"

南京云锦研究所20多年前就曾复制过著名的马王堆汉墓中出土的"素纱衣"和北京十三陵出土的明代"孔雀羽妆花纱龙袍料"。"素纱衣"薄如蝉翼,轻柔透亮,重量仅49.5克,"孔雀羽妆花纱龙袍料"花底透薄,金碧辉煌,大气磅礴,代表了中国古代丝织工艺的高超水平。这些名贵的云锦纱罗品种,也只有曹雪芹才能描述得如此传神和地道。

曹雪芹出生在这样一个特殊的贵族官僚家庭——江宁织造世家,耳濡目染的是传统的民族文化、吉祥文化、皇室文化,这些文化积淀都成为其创作《红楼梦》的深厚基础,成为孕育曹雪芹和《红楼梦》的直接土壤。南京云锦集历代织锦工艺艺术之大成,被称作中国古代织锦工艺史上最后一座里程碑。作为一种元明清三朝皇家御用的丝织工艺品,龙和云这两种传统文化的形象是南京云锦服饰的典型装饰图案。南京云锦中云和龙图案体现了"王权神授""意象造型""天人合一"的观念和哲学思想,说明了我国传统文化在云锦中的重要地位。

缂丝、锦缎可以说是红楼服饰中两种不可缺少的元素,缂丝的低调华丽,云锦的高端富贵,两种完全不同的丝绸工艺,组成了富贵的大观园。园子里的姑娘奶奶、公子丫鬟,在丝绸的服饰中讲述家长里短。而红楼在某种程度上也是手工艺人的百科全书,曹雪芹将中国的非物质文化遗产,化在寻常富贵人家中,让我们在贾宝玉、王熙凤、薛宝钗、林黛玉、史湘云等人的身上,了解古代的服饰文化。曹雪芹用他自己得天独厚的资源,写成一本丝绸文化的百科全书,在书中讲述着那些我们知道却不十分了解的云锦。

锦缎美丽、孤傲、高贵,从来都不是寻常人家的物件。它是身份的象征,是皇家专供的一种工艺,是龙袍和皇帝的象征,也是出自这样的一种工艺,皇室对于普通人来说,总是那么高高在上、神秘莫测,而红楼却从服饰上揭开了皇室的神秘面纱,将锦缎呈现在了人们面前。这个早就已经存在,却一直颇为神秘的古老制作工艺,在红楼中如此美丽地站在了人们面前。南京云锦也因为这部书,揭开了朦胧的面纱,把最美的姿态展示在众人面前。云锦是一种提花丝织工艺品，为南京工艺"三宝"之首，与苏州缂丝并誉为"二大名锦"。

南京云锦与成都蜀锦、苏州宋锦、广西壮锦并称中国四大名锦，但现在只有云锦还保持着传统的特色和独特的技艺，一直保留着传统的老式提花木机织造方式。南京云锦配色多达十八种，运用"色晕"层层推出主花，富丽典雅，质地坚实，花纹浑厚优美，色彩浓艳庄重，大量使用金线，形成金碧辉煌的独特风格。明、清时为宫廷织品，有多处官办织造局生产，用于宫廷服饰、赏赐等。晚清以来始有商品生产，行业中才产生"云锦"的名称，因其富丽华贵、绚烂如云霞而得名。现代云锦只有南京生产，常称为"南京云锦"。现代云锦继承了明、清时期的传统风格而有所发展，传统品种有妆花、库锦、库缎等几大类，库金、库锦等以清代织成后输入内务府"缎匹库"而得名，沿用至今。传世文物有黄地桂兔纹妆花纱、寿桃纹妆花纱、云鹤纹妆花纱、花卉樗蒲纹妆花缎。

云锦用其光彩夺目、艳丽异常的颜色在精彩绝伦的锦缎上勾勒出一幅幅壮丽山河图。云锦的美不似其他锦缎，也与缂丝有些差别，那是一种张扬霸气的美。可能是因为这是皇室专用的，多少难以摆脱皇家气度和非同寻常的张扬与美丽。云锦的富丽堂皇之美，在细节处也有着些微的差别，不同的工艺，也让云锦有着不同的分类。

库缎是在缎地上起本色花。花纹有明花和暗花两种。明花浮于表面，暗花平板不起花。

库锦，又名织金。其花纹全部用金线织出。传统的织金图案，大多采用小花纹，以充分显金为其特色。

妆花是缎底上突出的五彩花纹，是云锦中制造技术最复杂、最华丽的提花丝织品。妆花类织物是代表云锦技艺特色和风格的品种，是在缎、绸、纱、罗等丝织物上用"挖花"技法织出彩色纬花图案，布局严谨庄重，纹样造型简练概括，多为大型饱满花纹作四方连续排列，亦有彻幅通匹为一单独、适合纹样的大型妆花织物（如明、清时龙袍、炕褥、毯垫等），用色浓艳对比，常以金线勾边或金、银线装饰花纹，经白色相间或色晕过渡，以纬管小梭挖花装彩，织品典丽浑厚，金彩辉映，是云锦区别于蜀锦、宋锦等其他织锦的重要特征。《天水冰山录》中的"青妆花过肩遍地金蟒缎"，苏州王锡爵墓出土的"黄织金妆花斗中方补纱"，地部全由扁金织出。南京云锦的代表品种之一"金宝地"的织物也是满金铺地，全幅完全用金线织出地子，上面再织出多彩花纹。

"芙蓉妆"是一种配色比较简单的大花纹织锦，不用片金绞边（即用片金线织出花纹的轮廓），也不用深浅不同的几重色彩来表现花纹的层次，整个纹样，只用几种不同的色块来表现。据《天水冰山录》记载，妆花品种有妆花缎、妆花纱、妆花罗、妆花绸等17种。曲阜孔府旧藏的明朝服饰中妆花极多，如墨绿地妆花纱蟒衣、明代葱绿地妆花纱蟒裙、驼色缠枝莲地凤襕妆花缎裙、柿蒂窠过肩蟒妆花罗袍等等。

在定陵出土的丝织品中，最具时代特色的就是五彩缤纷的妆花。1958年定陵文物出土时，万历皇帝就身着"孔雀羽织金妆花柿蒂过肩龙直袖膝栏四合如意云纹纱袍"。文物专家后来在这些龙袍料的腰封上，查到它出于江南织造，采用的是"纱地妆花"织造技法。1979—1984年，受定陵博物馆的委托，南京云锦研究所研究复制了三件妆花龙袍匹料：孔雀羽织金妆花纱龙袍料、妆花缎龙袍、十二团龙纹龙袍。

龙袍属于云锦中最高级别的"妆花"，关键工艺就是挑花结本，要求必须按照传统工艺手工完成。挑花要求很高，过去一般挑花要求是100根，而龙袍必须达到1800根。以妆花缎龙袍为例，匹长12.11米，全匹18378梭，以每梭9个分色场次计算，结本的耳子线需 165000 多根，编结的花本长达 100 余米，其工程浩大自不待言。这样大的花本要将整匹纹样科学分解后，运用拼花、倒花等工艺及板花织造成配合倒、顺花等方法来编结花本。龙袍上 17 条龙使用了真金线和包裹了孔雀羽的丝线原料。真金线首先要把金块制成金箔。两人相对而坐，轮流举锤，经过 3 万多下的锤打，把一块厚重的黄金，变成轻如鸿毛的金箔，再把金箔粘在一种特殊纸张上，压紧抛光，最后裁成条，剥出金线，和蚕丝相互缠绕，捻搓成金丝线。

这件"孔雀羽织金妆花纱龙袍"复制品于 1985 年送展日本筑波科技世博会。2005 年 5 月，为兑现申报联合国"人类非物质遗产"代表作文本中所做的承诺，南京云锦研究所对十三陵定陵博物馆已经碳化变质的明代万历皇帝及两个皇妃的丝织文物进行抢救性的复制。黄素罗裳运用云锦手工织造的二经绞罗和平纹素纱，纱地细密均匀，罗地绞合巧妙。二经绞罗是云锦工艺中较为独特的品种，它的成功复制不仅使中国古代丝织文物的原貌完美地展现给世人，而且恢复了失传多年的纱地绞罗妆花传统工艺。至今南京云锦研究所已为十三陵定陵博物馆成功复制"红素罗绣龙火二章蔽膝""织金寿字龙云肩通袖龙襕妆花缎衬褶袍"等 10 多件文物。库锦、库缎如今已可用现代机器生产，唯木机妆花织造工艺是在中国4700多年丝绸织造史和3000多年织锦史中，至今尚不能被现代机器所替代的。云锦过去专供宫廷御用或作为赏赐功臣之物，现除少数民族做衣饰外，还出口国外做高档服装面料。新中国成立后，云锦在传统品种的基础上创新品种，如雨花锦、敦煌锦、金银妆、菱锦、装饰锦及台毯、靠垫等。

云锦那种富丽堂皇的美，除了用料的昂贵、稀有之外，还有其与众不同的制作工艺。云锦工艺独特，用老式的提花木机织造，必须由提花工和织造工两人配合完成，两个人一天只能生产5~6厘米，这种工艺至今仍无法用机器替代。云锦的主要特点是逐花异色，从云锦的不同角度观察，绣品上花卉的色彩是不同的。由于被用于皇家服饰，所以云锦在织造中往往用料考究、不惜工本、精益求精。云锦喜用金线、银线、铜线及长丝、绢丝以及各种鸟兽羽毛等来织造，如皇家云锦绣品上的绿色是用孔雀羽毛织就的，每个云锦的纹样都有其特定的含义。如果要织一幅78厘米宽的锦缎，在它的织面上就有14000根丝线，所有花朵图案的组成就要在这14000根线上穿梭，从确立丝线的经纬线到最后织造，整个过程如同给计算机编程一样复杂而艰苦。南京云锦的织造业主要分布在南京市秦淮区、建邺区、白下区、玄武区、栖霞区等5个区。1954年,为抢救濒临消亡的南京云锦,"云锦研究工作组"组建成立。1957年,江苏省政府批准建立"南京云锦研究所",这是中国唯一一家集研究、生产、展示、销售于一体的云锦专业机构。1979年发展到15个加工点、97台织机,外加工人员达300余人,还研制恢复了失传多年的传统品种妆花罗、妆花纱、妆花绸等。2004年,在南京市政府的支持下,成立了"南京云锦博物馆"。2003—2005年,南京云锦研究所生产的"吉祥"牌南京云锦分别获南京市和江苏省名牌产品称号。2005年10月,南京云锦"吉祥"牌商标被南京市评为著名商标。2005年12月,南京云锦研究所的"吉祥"牌南京云锦被质监总局作为首批向国际地理标志组织推荐的30个地理标志产品之一,成为中国首批获国际权威组织承认的国际地理标志产品。

南京云锦研究所全部保留着历史上的妆花技术,他们曾成功地复制了明定陵出土的万历皇帝的龙袍。自1979年以来,该所复制的龙袍及匹料已达100多件。2006年1月,云锦研究所再次受北京定陵博物馆委托,对一件明万历皇帝龙袍进行复制。根据《地理标志产品保护规定》,2009年南京云锦研究所被国家质检总局核批为首批地理标志使用企业,南京云锦获得地理标志产品保护。

2013年，南京市唯一获得云锦地理标志保护的云锦研究所"吉祥"牌云锦启用专用标志。2013年《地理标志产品云锦》国家标准召开复审论证会，南京云锦研究所有限公司等4家标准起草单位出席，对《地理标志产品云锦》国家标准实施5年来的情况进行了总结和评价，国家非常重视非物质文化遗产的保护。2006年5月20日，南京云锦木机妆花手工织造技艺经国务院批准列入第一批国家级非物质文化遗产名录。国家级非物质文化遗产项目南京云锦木机妆花手工织造技艺代表性传承人有南京云锦研究所有限公司的朱枫、周双喜，以及江苏汉唐织锦科技的金文，省级传承人有师从云锦老艺人朱枫的邬悉尔。

缂丝云锦的诞生应归功于苏州的缂丝，它实际上是苏州缂丝衍生出来的附属品。苏州丝织业发端于东吴时期，东晋末年，大将刘裕北伐，灭秦后，将长安的百工全部迁到建康（今南京），由于离当时的苏州很近，故而大批的苏州缂丝工匠迁移至建康。后秦百工中的织锦工匠继承了两汉、曹魏、西晋和十六国前期的织锦技艺。417年，东晋在建康设立专门管理织锦的官署——锦署，被看作是南京云锦正式诞生的标志。从元代开始，云锦一直为皇家服饰专用品，清代在南京设有"江宁织造署"，《红楼梦》作者曹雪芹的祖父曹寅，就曾任江宁织造20年之久。

关于云锦，还曾经流传着这样一段美丽的传说。那是一段发生在秦淮河畔的故事，关于秦淮河的故事，很多都是来自秦淮八艳，柳如是、寇白门、董小宛、李香君，这些熟悉的名字背后都有一段凄美的爱情故事。才子佳人在江南从来都不是什么稀罕的物件，翻一翻那些所谓的野史，多的是才子佳人的故事，而江南更加是才子佳人绕不开的一个地方。就连远在京城的纳兰容若也曾经与江南才女有过一段叩人心扉的绝妙爱情。哪怕是住在皇宫大院中的皇帝，在江南也有着不少美丽的故事，最多的当属乾隆。

秦淮河就像是江南最美的一道风景线，秦淮的故事总是那么多而且令人难忘。这次的故事来自仙鹤街。仙鹤街位于秦淮河新桥西北端，南起集庆路，北至仙鹤桥。顾名思义，这条街名字的由来和美丽高贵的仙鹤有关，关于它的动人传说在民间广为流传。

相传，古南京城内西边有一间孤零零的小草房，里面住着一位替财主干活的老艺人，他的名字叫张永。每天公鸡叫头遍张永就开始下机坑织锦，一直要忙到半夜三更才停手。一年下来，汗水淌干了，眼泪流尽了，织出来的云锦放开来好像长河一样。可是财主反过来倒说张永欠他的债更多了。

有一次，财主要过生日，逼着张永赶织一块"松龄鹤寿"的云锦挂屏。张永只好拖着骨瘦如柴的身子跳下机坑抛梭子过管织云锦。可怜老人白发苍苍，哪里还有力气！熬干了灯油，一夜才织出五寸半，眼看财主就要来逼货，老人急得直淌眼泪，他伸开双手，面向门外巍巍高山悲愤地叹道："云锦娘娘，人家都说你是保佑我们织锦穷人的神仙，现在财主把我们穷人往死里逼，你怎能见死不救……"张永疲劳过度，话未说完就晕倒在织机旁。就在这时，高山上的彩云豁然开朗，闪出万道金光，接着浮云翩翩，阵风飒飒，张永家的门"咯吱"一声开了，走进来两个美丽的姑娘，她们把张永扶上床，自己就坐到机坑里面熟练地织起云锦来。

霎时间，织机连声响，花纹现锦上。天快亮了，张永从昏迷中醒来，一看满屋子金光，一个姑娘在机坑里飞快地甩梭子织锦，另一个坐在花楼上拽花。他忙问："你们是谁？"姑娘们指了指天边的云彩。张永顺着她们的手望去，只见彩霞万朵，回头一看，两位姑娘都不见了，只留下机子上织好的云锦熠熠闪光。云锦上面的花纹好像仙境一样，青松苍郁、泉水清澈，两只栩栩如生的仙鹤丹顶血红非常耀眼。张永喜滋滋地把云锦往机子下卷，没想到这神奇的云锦犹如山上的瀑布一样拉了一幅又一幅，卷了一匹又一匹，怎么也拉不完、卷不尽。街坊邻居都跑来看稀奇。正在大家兴高采烈的时候，财主带着一帮打手前呼后拥地讨债来了。他把腰一叉，手一挥，打手们一拥而上，如狼似虎地抢这台神奇的织锦机。张永哪里肯依，死死护着织机不肯放。可狠毒的财主一脚把又老又病的张永踢倒在地，老艺人顿时口吐鲜血昏死过去。

这边十几个打手七手八脚地想把织机抬走，谁知平时几十斤重的木头织锦机，此刻竟然如铜铁铸的一样，动弹不得。财主急了，伸手又去扯织机上的云锦，却听见"叭"的一声响，织锦的木梭子好像活了一样，跳起来狠狠地追着财主打，疼得他哭爹喊娘地乱叫。恼羞成怒的打手们气急败坏地烧起房子来，正在这时，天上"轰"地响起一声炸雷，暴雨倾盆而下浇灭了大火，洗净了天空。财主和打手一看不好，掉头想逃。这时，云锦上的两只仙鹤突然长唳一声飞了出来，围着张永飞了两圈，翅膀扇了两下，老艺人一下子容光焕发地坐了起来。两只仙鹤又追着财主，扑到他的脸上猛啄不放，财主疼得乱叫。张永和众人赶来时，只见满天红霞，城外高山顶上的金色光轮忽隐忽现，两只美丽的仙鹤翩翩起舞。大家异口同声地叫好，只有财主鬼哭狼嚎地捂着脸，原来他的眼睛被仙鹤啄瞎了。

后来人们传说，那天夜里帮张永织锦的两个美丽姑娘就是云锦娘娘身边的仙女，奉云锦娘娘之命，特地到人间来帮助穷人整治老财主，为了纪念云锦娘娘，人们就把张永住的这条街取名"仙鹤街"。

云锦是一项传统的手工艺，它的传承就像中国的古代文化一样，也带着一种神秘的中国式色彩。

比如云锦师父收徒，也是非常有讲究的。云锦研究所的一线织工有200多人，但多数都是从事流水线操作的普通织工，掌握云锦"核心工艺"的骨干力量少之又少。南京云锦人的织锦秘诀都是依靠口传心授代代相传。古代云锦的传统收徒仪式分为6个环节，依次是拜祖师、徒弟改口、师父训诫、徒弟承诺、戒尺加身、师徒互赠礼。按照行规，徒弟先要向师父赠送传统的"六礼束修"——肉干、芹菜、莲子、红枣、桂圆、红豆。师父的回礼也是6样，金线、五彩丝线、孔雀羽、意匠稿、葱、芹菜。

南京就是纺织者手中的一幅画，这些巧手绣娘们用自己的双手纺出最美丽的天空、最华丽的宫殿、最奇妙的天地万物。云锦就是她们手中最美的一道风景，华丽多姿，引无数凡夫俗子竞折腰。云锦的华美是一种张扬与内涵相交织的气韵，富贵精致，那是天空最美的一幅画卷。

而曹雪芹真的是一个匠人,他精益求精,将江南最美的服饰全部都收入了红楼中。他出生于江宁织造府,接触的多是江浙一代最华丽的服饰,而对于其他地方的服饰文化,难免就一笔带过。曹雪芹笔下的红楼人物,在性格、着装、习惯等等方面,都有着浓厚的江南特色。他将江南的富贵展现在了人们面前,却忽视了江南以外的奇妙,他笔下多描述缂丝、云锦服饰,美则美矣,却显得有些单调。

很长的一段时间里,很多人都在研究缂丝,研究云锦,研究江南织造。大多数人甚至以为最美的丝绸也不过如此了,却不知道还有另一种工艺——蜀锦。

蜀锦专指蜀地(四川成都地区)生产的丝织提花织锦,多用染色的熟丝线织成,用经线起花,运用彩条起彩或彩条添花,用几何图案组织和纹饰相结合的方法织成。四川古称"蜀"、"蜀国"和"蚕丛之国",这里桑蚕丝绸业起源最早,是中国丝绸文化的发祥地之一。蜀锦兴于春秋战国而盛于汉唐,因产于蜀地而得名,在我国传统丝织工艺锦缎的生产中,历史最悠久,影响最深远。蜀锦起源于战国时期中国四川省成都市所出产的锦类丝织品,有两千年的历史,大多以经线彩色起彩,彩条添花,经纬起花,先彩条后锦群,方形、条形、几何骨架添花，对称纹样，四方连续，色调鲜艳，对比性强，是一种具有汉民族特色和地方风格的多彩织锦。它与南京的云锦、苏州的宋锦、广西的壮锦一起，并称为中国的四大名锦。2006年，蜀锦织造技艺经国务院批准列入第一批国家级非物质文化遗产名录，2009年列入"世界非物质文化遗产名录"。成都蜀锦织绣博物馆是蜀锦工艺的传承单位。蜀锦也是日本国宝级传统工艺品京都西阵织的前身。

成都是蜀锦的故乡，公元前316年秦灭蜀后，便在成都夷里桥南岸设"锦官城"，置"锦官"管理织锦刺绣。汉朝时成都蜀锦织造业便已经十分发达，朝廷在成都设有专管织锦的官员，因此成都被称为"锦官城"，简称"锦城"。而环绕成都的锦江，也因有众多织工在其中洗濯蜀锦而得名。十样锦是蜀锦的主要品种之一，简称"什锦"。锦是"织彩为文"的彩色提花丝织品，是丝织品中最为精致、绚丽的珍品。因其制作工艺复杂，耗时费力，故《释名》云："锦，金也，作之用功重，其价如金，故其制字从帛与金也。"四川古称"蚕丛之国"，这里桑蚕丝绸业起源最早，是中国丝绸文化的发祥地之一。

蜀锦兴于春秋战国而盛于汉唐，因产于蜀地而得名，在中国传统丝织工艺锦缎的生产中，历史最悠久，影响最深远。蜀锦已有两千年的历史。山谦之《丹阳记》记载：

> 历代尚未有锦，而成都独称妙，故三国时，魏则市于蜀，吴亦资西蜀，至是乃有之。

汉至三国时蜀郡（今四川成都一带）所产特色锦，以经向彩条和彩条添花为特色。"蜀"是四川的古称，因蜀地盛产桑而多有桑虫，桑蚕吐丝作茧而盛产丝，蜀地盛产丝织物，并通过丝绸之路将丝绸和锦缎传到了世界各地。蜀锦原材料为蚕丝，异常珍贵，其生产工艺繁琐，生产效率低，因此在古代有"寸锦寸金"的说法，而在当时，蜀锦是皇室与达官贵人才能享有的奢侈品。

蜀锦的历史悠久，在春秋战国，甚至更早，就已经初步形成了"南方丝绸之路"，这条路上商人们把蜀锦和其他货物销往印度、缅甸，继而又转运至中亚。从成都出发至印度的一段被称为"蜀身毒道"，由于它始于丝织业发达的成都平原，并以沿途的丝绸商贸著称，因此也被历史学家称为"南方丝绸之路"。战国后期，蜀锦纹样从周代的严谨、简洁、古朴的小型回纹等纹样发展到大型写实多变的几何纹样、花草纹样、吉祥如意的蟠龙凤纹等,如"舞人"锦、"龙凤条纹"锦。它们多以几何图案为骨架,人、动物设置巧妙,紧凑、均匀、执章有序。

到了秦汉时,成都已经成为全国丝绸的重要产地。据《史记》记载,蜀锦被誉为丝织技艺的"双壁"之一。丝织技术不断发展,对外贸易量也大幅增加。"西北丝绸之路"形成后,蜀锦通过蜀道运送到"西北丝绸之路"的起点长安,再由长安中转至西域、西亚、欧洲诸国。三国时期,诸葛亮也十分注重农桑,设"锦官"管理织锦产业,使蜀锦有了很大发展,他在北征时提出"决敌之资,唯养锦耳"。蜀锦在当时不仅是对外贸易的商品,而且也是军费开支的来源。诸葛亮在南征时又把蜀锦织造技艺传授给各地百姓,使西南少数民族地区的织锦技术有了很大发展。汉代蜀锦纹样特点为飞云流彩。考古出土的古蜀汉锦中,有云气纹、文字纹、动植物等纹样,其中以山状形、涡状流动云纹为主,这种纹饰有云气流动、连绵不绝的艺术效果。祥鸟瑞兽、茱萸是此时期较为具有特色的纹样,茱萸纹也是我国最早出现的植物纹样之一。

而到了隋朝,成都"水陆所凑,货殖所萃",织造的绫锦,质量精美"侔于上国"。唐代有"贞观之治"和"开元之治",蜀锦无论生产规模还是技艺都进入到一个鼎盛时期。蜀锦代表着中国古代丝织技艺的最高水平。这些精美的蜀锦，通过丝绸之路和其他贸易途径，广泛流传至海内外。蜀锦当时大量流入日本，许多"蜀江锦"被日本视为国宝，至今日本京都正仓院、法隆寺仍有收藏。五代十国时，王建、孟知祥等为蜀主，织锦业仍然十分发达，品种亦有增加，如"十样锦"：长安竹锦、天下乐锦、雕团锦、宜男锦、宝界地锦、方胜锦、狮团锦、象眼锦、八达晕锦、铁梗襄荷锦。同时，隋唐时期亦是蜀锦发展史上最光辉的时期，这时期的纹样图案丰富多彩，章彩绮丽，尤其流行"团窠"与折枝花样，前者为"陵阳公样"，后者为"新样"。"陵阳公样"是益州大行台窦师纶吸收波斯萨珊王朝的文化精华，结合民族文化特点而创造的于唐代风行一时的著名锦样，其特点是以团窠为主题，外环围联珠纹，团窠中央内饰对称，多隐喻吉祥、兴旺，流行长达百年之久。"新样"为唐代开元年间益州司马皇甫所创，主要以花鸟、团花为题材，以对称的环绕和团簇形式表现，与"陵阳公样"的团窠截然不同，后人称之为"唐花"。

到了宋元时期，成都建"成都府锦院"，主要生产皇室用锦、贸易用锦，品种有八达晕锦、灯笼锦、曲水锦等。南宋后期，政治经济中心南移，织锦中心随之转移，虽然蜀地继续发展着，但到元朝以后，生产规模等已经不及之前。宋代蜀锦以冰纨绮绣冠天下，技艺之精湛、锦纹之精美，不仅继承了唐代的风格，更有了创新和发展。一方面，写生纹样图案突破了唐代对称纹样与团窠放射式纹样的固定格式；另一方面，又发展应用了满地规则纹样，有了新内容。较有特色的一点是，在圆形、方形、多边几何形图案骨架中几何图案纹的旋转、重叠、拼合、团叠，如八达晕锦、六达晕锦，均采用了牡丹、菊花、宝相花图案虹形叠晕套色的手法，在纹样的空白处镶以龟背纹连线等规则纹充满锦缎，达到锦上添花的效果，具有特殊风格。还有"紫曲水""天下乐"等纹样，无疑都是技艺持续发展的见证。

元代蜀锦结合了蜀地金箔技艺历史悠久的优势，织造中大量使用了细如发丝的金线，使元代蜀锦特点明显，被称为"纳石夫"或"金搭子"。

蜀锦的发展就像是一幅心电图，在历史中起起落落，到了明朝后期，蜀地丝织业较元代有所恢复和发展。但在明末清初，蜀地遭遇了史无前例的战乱，一时城空。清代初期，织品花样只存天孙锦一种。自康熙起，清初外逃或被掳走的织锦艺人才陆续回到成都,重操旧业,蜀地丝织业开始缓慢恢复。清咸丰元年,太平军占领江宁(今南京),清朝将"织造府"迁至成都,从而促进了蜀锦的发展。19世纪末至20世纪初,禁止民间穿绸着缎和不准用玄黄色的"衣禁"取消,团花马褂和锦缎鞋帽风行一时,蜀锦出现了"黄金时代"。据《清朝续文献通考》记载,光绪年间,"成都有机房二千处,织机万余架,织工四万人;丝织品占全川总额百分之七十,成都以产锦为主",生产出了并称"晚清三绝"的"月华""雨丝""方方"锦。清代蜀锦,在国外仍然享有盛名,被称为"名贵的蜀江锦"。宣统元年,蜀锦参加南洋博览会,获得"国际特奖"。明代蜀锦继承了唐宋盛行的纹样图案,如卷草、缠枝、散花、折枝花卉等,并生产出了许多著名的锦样,如"太子绵羊"锦、"百子图"锦等。清代,特别是晚清时期,蜀锦的染织技艺已经达到炉火纯青的地步,诞生了"晚清三绝"这样难度极大的纹锦,把传统的彩条色彩旋律艺术与创新装饰艺术结合起来,采用了多彩叠晕技术,在丰富的色相、柔和的光晕中点缀各式各样的纹样图案,使蜀锦具有了奇异华丽的效果。

而自鸦片战争以来,洋货充斥市场,民族工业受到很大打击,蜀锦已失去昔日的风光,规模、产量已不及以往,临近解放,已是

霓裳钗影 话红楼

一片萧条景象。解放后，失业的蜀锦工人在政府的扶持下，于1951年9月通过生产自救，组建了成都市丝织生产合作社（成都蜀锦厂的前身），恢复了蜀锦的生产。1956年，在市手工业管理局的领导下，按照朱德委员长第一次视察工厂时提出的蜀锦要向高精尖发展的指示，汇聚了干部、专家、老艺人、能工巧匠，研究、考证、临摹历代旧锦，搜集民间图样，创作新图案，在五十年代中后期，织出了"凤穿牡丹""白鹤闹松""龙凤呈祥""双狮戏球""刘海戏蝉""天女散花"等民间传说图案的衣料，恢复了断档失传四十年的"月霞三闪缎""通海缎""双经葛""方方锦"等84种图案及八丝、五丝等传统经纬组织的织法，设计了"杜甫草堂""武侯祠""望江楼""农林牧副渔"等新图案。八十年代，在改革开放中，新一代设计人员对蜀锦进行了系统的发掘、整理，考察了北方丝绸之路、江浙丝绸、西藏拉萨、香港市场，与老一辈的蜀锦艺人一道推陈出新，复原了五台清代竹木提花蜀锦机（现存北京、四川省博物馆及成都蜀锦厂），试制出明代典雅古朴的"八达晕锦""蝶花纹锦""福禄寿喜锦"。目前，蜀锦厂内购物中心现场表演展示的是唐代"天花板""方块园花锦"。工厂还运用现代织绸设备恢复了"百鸟朝凤""龙凤"被面，在传统彩条经线上织出"文君听琴""嫦娥奔月"雨丝蜀锦被面，创新了"云龙八宝"、"彩凤"、"巴蜀胜览"（四川十大名胜风景）新型织锦被面，"熊猫"挂屏，"望江楼"座屏，以及蜀锦旅游系列工艺品。工厂连续四年为美国大庆公司生产唐代"花鸟纹锦""梅兰竹菊""彩蝶"等十支图样的蜀香缎；为人民大会堂四川厅制作室内装饰用沙发绸；为西藏自治区成立二十周年精制高档释迦牟尼等佛像。九十年代初期，创新题材，研制出大型多色"百子图"织锦被面，"财神"织锦挂屏；唐代新样品"花树对鹿锦"等新产品。蜀锦曾一度辉煌，但随着工业化的进展，手工织机逐渐被现代织机所取代，呈现出萎缩和衰退的趋势。到二十世纪九十年代，蜀锦开始走下坡路。2003年成都蜀锦厂倒闭，被成都蜀锦文化发展有限公司兼并，原成都蜀锦厂厂址被开发商改建成旅游购物场所蜀江锦院（成都蜀锦织绣博物馆），另成立了成都市蜀锦工艺品厂。

同样都是锦缎，但是蜀锦与云锦、宋锦、壮锦在制作工艺与艺术特色方面却也是大相径庭的。蜀锦具有古老的民族传统风格、浓郁的四川地方特色、厚重的历史文化底蕴。"凡锦样必有寓意"是蜀锦的艺术特点，往往代表着对生活的愿景和祝福。其织造工艺细腻严谨，配色典雅富丽，大多以经线彩色起彩，彩条添花，经纬起花,先彩条后锦群,方形、条形、几何骨架添花,对称纹样、四方连续,色调鲜艳,对比强烈,别具一格。

除了制作工艺、艺术特色之外,蜀锦的图案也有着独特的文化内涵。蜀锦是中国染织传统工艺的重要组成部分,蜀锦图案在中国工艺美术图案中,占有十分瑰丽的篇章,对中国后世锦缎染织图案的发展,具有承前启后的巨大影响。蜀锦图案的取材十分广泛、丰富,诸如神话传说、历史故事、占祥铭文、山水人物、花鸟禽兽等,千百年来不断发展提炼,具有高度的概括性和艺术水平,其中寓合纹、龙凤纹、团花纹、花鸟纹、卷草纹、几何纹、对禽对兽纹以及方方、晕裥、条锦群等传统纹样为广大人民群众喜闻乐见。蜀锦图案经历了2000多年的发展变化,在不同的历史时期具有不同的时代特征。蜀锦图案的一个贯穿始终的特征,就是广泛而巧妙地应用寓合纹样。蜀锦艺人善于巧妙选用动物、植物、器物、字纹、几何纹、自然景物以及各种祥禽瑞兽作题材,用其形,择其义,取其音,组合成含有一定寓意或象征意义的纹样图案,这就是寓合纹。

先秦时期的织锦丝绸图案主要以简单的几何纹为主体,同时已出现了在几何骨架中相向对称排列的人物或动物图案。秦汉时期的织锦图案突破了中国自西周以来装饰图案的单调格式,把简单的、静态的菱形几何纹、回纹、云雷纹和云气纹发展为在云气之间自由奔驰的各种祥禽瑞兽等动物图案，统称为云气动物纹，其线条比较粗犷、生动、简练，造型奔放活泼，取材主要是当时日常生活中人们普遍接触到的云彩鸟兽、狩猎骑射等内容，在锦纹图案中还常常配以各种吉祥的铭文，如"富且昌""大宜子孙""万年益寿""长生无极""长乐明光""登高明望四海"等，这些铭文与当时的社会风俗和宫廷活动都有密切的关系。如"万年益寿""长生无极"等是当时的生活用语，"登高明望四海"可能是颂祝汉武帝刘彻登泰山封禅的活动。登高明望四海锦，在锦面上呈现风云流动、祥兽奔腾的生动气象，云纹、祥兽彼此穿插自如，加上汉隶作铭文点缀其中，构成一幅完整的艺术画面。中国新疆和北方丝绸之路沿线先后出土了为数不少的汉代云气动物纹锦，它们都是利用彩条经线的颜色来显现花纹的"彩条经锦"，被称为"汉式锦"，体现了早期古代蜀锦的基本组织和工艺特征，代表作品有"五星出东方利中国织锦护膊（护臂）"、"延年益寿"手套。吐鲁番阿斯塔那226号墓发掘出来的"连珠龙纹锦"残片的背面有墨笔行书题记："双流县，景云元年折调紬绫一匹，双流县八月官主薄，史渝"，为全国出土的丝织物中唯一记载出产地的古代丝织物，实属罕见的绝世珍品。

当时蜀锦采用的"五重高密度经纬"织造法，在两千多年后仍然是个谜。云气纹在汉代流行的主要原因是社会和上层阶级受道家思想的影响较大，汉代成都青城山是中国道教的发源地。道家崇尚自然，信仰阴阳乾坤、五行八卦，追求不老，修炼长生。云气即仙气，云气清风仙人出入之所，神秘莫测，变幻无常。祥云与瑞兽是人们喜闻乐见的题材，这种与汉字铭文组合而成的吉祥云气动物图案，具有独特的艺术风格和很高的艺术水平，流传很广。

在三国和魏晋南北朝时期，蜀锦生产有很大发展。东汉以来丝织物加金技术首先用于蜀锦，但其基本图案和织造方法仍然是汉代的延续。南北朝时期，一些动物图案以安详的静态为主，如方格兽纹锦。在方形彩色格子中，排列着卧狮、奶牛、大象等静态的动物，采用两组彩条经线来衬托主体图案，形成一种新颖的风格。这段时期还出现了带波状主轴的植物纹样，以及缠枝连理、对称纹样等。成对称排列的动植物图案装饰在一定的几何骨架之中，如新疆阿斯塔那墓出土的北朝时期的树纹锦，树的形象采用左右规则而对称的排列，各组树纹上下之间缀以菱形点，显现出色彩明暗的层次变化，规则而不呆板，树纹采用红色的彩条经线显现，有明亮突出的色彩效果，也是一种典型的彩条经锦。唐贞观年间首开文字织锦之先河，王羲之的《兰亭序》是其中最杰出的代表作，被唐太宗当作"异物"收入宫中。唐代蜀锦的图案有格子花、纹莲花、龟甲花、联珠、对禽、对兽等。

唐末，又增加了天下乐、长安竹、方胜、宜男、狮团、八达晕等图案。红色绫地宝相花织锦绣袜即典型的宝相花纹锦。在宋元时期，发展了纬起花的纬锦，其纹样图案有庆丰年、灯花、盘球、翠池狮子、云雀、瑞草云鹤、百花孔雀、宜男百花、如意牡丹等。天华锦源于宋代八达晕锦，也称"添花""锦群"，以圆、方、菱形等几何图形作有规律的交错重叠，内饰多种纹样，并在中心处突出较大的花形，形成变化多样的满地锦式，素有"锦上添花"之美誉。在明代末年，蜀锦受到摧残，到了清代又恢复了生产，此时的纹样图案有梅、竹、牡丹、葡萄、石榴等。

千百年来，蜀锦以其独特的编织方式，在中国锦缎历史中屹立不倒，形成具有蜀地特色的传统文化。蜀锦以桑蚕丝原料为经纬线，按生产的过程及规范，经过若干工序的组合，改变桑蚕丝之间的结构形态，使绞装生丝变成了精美细腻、色彩艳丽的蜀锦，这一过程，泛称为蜀锦的传统织造工艺。蜀锦的主要工艺由四部分组成：丝织的准备工艺、丝织织造工艺、绞丝练染工艺及纹制工艺。以时间为顺序，蜀锦织造工序的第一部分是纹制工艺，代表工艺为点意匠和挑花结本；第二部分是绞丝练染工艺，代表工艺为打竿；第三部分是丝织的准备工艺，即装造；第四部分是上机织造。

蜀锦历史悠久，图案吉祥美好，纹制错综复杂。点意匠蜀锦设计师根据花楼织锦机的技术参数及产品工艺提供的技术条件，进行纹样设计（包括纹样图案、花色）。从设计出纹样到能够体现技术参数，就需要在意匠纸上进行"点意匠"的作业。根据织机纹针数（甲子数）、织物的经纬密度、纹样类型及纹样大小选择意匠纸，确定意匠纸的纵格数和横格数，按物组织绘制意匠及设色。挑花结本蜀锦小花楼织机要织出结构严谨、多彩复杂的纹样，需要一个能够控制经丝升降，并按照程序织入纹样的多色纬线的提花控制装置的花本，而制作花本的作业，在古代蜀锦织造技艺中称为"挑花结本"。挑花结本工具包括：花绷子、花扦子、拉花钩。挑花就相当于机械提花织锦纹样制作工序的踏纹版作业，过线就相当于纹版。

蜀锦的织造从打竿开始，打竿是加工织锦用纬丝的一道工序，由于卷好的丝卷呈两头尖的橄榄核状，因此称为"打竿儿"。打竿之后就正式进入蜀锦织造的准备工作：装造，上机装造主要是指将甲子线（纤线）与花楼木织机的"爪拉子"连接起来，并且进行分扒分丛穿入花扒的作业。花扒是穿纤线的横架板。蜀锦花楼织锦机上机前需首先定扒数，即确定需要分几个花扒上机。花扒数确定的依据是花纹的长度和产品的纬密。根据现存的蜀锦花楼织锦机的技术装备条件，一根纬线相当于一根过线（开一次口，投一次梭），一根过线相当于一块纹版。

除此之外，蜀锦手工织造使用的是小花楼木织机，操作时需要两人配合，上下两层中，居上者为"挽花工"，按规定顺序接线提经，下位者为"投梭工"，在下面引线打纬，两位工匠密切配合，同时进行。花楼木织机长6米、宽1.5米、高5米，纤线11000多根，投梭工在投梭的同时踩在脚下控制综框起伏的顺脚杆多达16片，不论寒冬腊月，为了用脚部区分每片杆子，都始终保持赤脚操作。保存在蜀江锦院的繁复精细的小花楼机，完全使用木楔连接，整机没有一颗铁钉，亦是中国制造史上的一大奇迹。蜀锦机的发展大致经历了踞织机(腰机)、斜织机、丁桥织机、花楼手工提花机这样一个由简单到复杂的过程。战国以来虽已出现了束综提花机，但普遍采用的仍是多综多蹑织机。东汉一号墓葬(成都曾家包)内出土的画像石上的织造图，图中妇女投杼织造使用的斜织机是汉丝织业中普遍使用的机具，以后又有汉陈宝光发明脚踏蹑织花的织花机和三国马钧改制旧绫机。这种改造后的提花结构与现代成都双流一带农户家中的"丁桥织机"相似。明代宋应星著《天工开物·乃服》中对提花机的构造以文字和插图做了详实的叙述。现在成都蜀锦厂内"锦里购物中心"展出的由两人同台操作的清代竹木大型楼织机，其基本结构与《天工开物》中所述相同，因其机身长一丈六尺至一丈八尺，又称为长机。较古老的蜀锦织机实物，全国仅存清代嘉庆、道光年间成都机房所用的两台，一台在北京中国历史博物馆的陈列大厅，一台在四川省博物馆陈列展出。

蜀锦仅"织造"一道工序，就涉及很多技能技艺，如打节、打竿儿、拉花、投梭、转下曲、接头等。如投梭，就是把一个梭子从丝线中甩出来，是织造过程中看似很简单的一步，但实际操作起来并不容易，把一个两斤重的梭子在经纬细腻的丝线里流畅地甩出来，仅这一项技能的练习就需要花费3年的时间。经过这样繁复的工艺，全程手工织出的蜀锦，色彩明快、鲜艳，从不同角度欣赏，光线会折射出不同的色彩，惟妙惟肖，细看图案，具有特殊的浮雕镶嵌式的立体效果。

另外，蜀锦的染色工艺也独树一帜，其工艺与加工方法，是由桑蚕丝的特性所决定的。首先要缫丝（古称治丝），然后从纴（方形的丝框）上取下绞装生丝。该丝是由若干根茧丝组成的，而每根茧丝又由上百根的微细纤维构成，这些微细纤维因借助丝胶凝合，即在生丝的表层包裹一层丝胶，手感粗糙而发硬，从而影响光泽和染色，并且在丝胶中还含有蜡质、灰粉及各种色素，必须先经精练，脱去丝胶才能染色。

汉唐时期，成都的锦工把处理后染成的丝线与其他丝织产品放在城南流江中洗濯，就地挂晒，流江沿岸即成丝织品染后洗涤的集中地。据此，流江古称"濯锦江"或"锦江"。最得天独厚的是，"濯锦江"的上游之水来自高山雪水，江水清澈，水中含有多种金属离子的氧化物和有机物，经草木媒染的丝线在江中洗涤时又与金属离子及一部分有机物结合，结合物沉淀在丝线上，形成色淀的重媒染，使得蜀锦丝线色泽更加艳丽，牢度性更好。

蜀地农业与蚕桑业十分发达，种植和应用天然色素植物的历史悠久，形成了一套自成特色的染织工艺体系。色素与色谱比较齐全，特别是红色，最为著名。蜀锦又被称为"蜀红锦""绯红天下重"。蜀地染的蜀红锦，色彩鲜艳，经久不褪。已知流传到日本的许多著名蜀锦，如"格子红锦""赤狮凤纹蜀江锦""唐花纹锦""铺石地折枝花纹蜀江锦"均是红色或以红色为地色。至今在日本的正仓院、法隆寺还珍藏着赤地鸳鸯唐草纹锦大幡垂饰、紫地狮子奏乐纹锦、狩猎纹锦等唐代的蜀江锦。此外，黄色、蓝色、紫色、黑色及其间色等染色工艺，有的一直使用到20世纪70年代。蜀锦染织工艺是中国丝绸染色工艺留传下来的一件瑰宝，具有很好的研究和开发价值。

蜀锦和蜀绣都是在蜀地孕育而生的历史悠久的传统技艺，作为中国丝织的翘楚，各有千秋。简单来说，锦是一次成形，在织造过程中，就直接通过经线和纬线的交织，将纹样织进织物；而绣则是在丝缎上进行二次加工，将图案通过针线刺绣在平整的织物上。

丝绸是前人的智慧，蜀锦是艺术作品，是料子，是故事，同时也是一种文化的传承。盛名之下的蜀锦在古代经历着起起落落，到了现代依旧是那高台楼阁上的艺术品。现代蜀锦织造技艺仍然在不断发展，在传统手工蜀锦织造技艺之上，加入了通经断纬的小梭挖花工艺，突破了蜀锦小花楼木织机织造单元纹样只能在20厘米左右空间的局限，使其在精巧设计构思后，能织造出大花蜀锦。这是蜀锦大师贺斌及其团队在传承的同时不断追求创新的结果，无疑也代表了手工蜀锦织造技艺的一次巨大的进步与飞跃。进入五十年代末期，在国产电动织机上也能仿制出蜀锦。现代蜀锦是五十年代中后期恢复的蜀锦，采用了现代织造技术，保持了蜀锦色块饱满、立体感强的特点，并较大程度地提高了产品的产量，缩短了作品的设计时间。现代蜀锦由四川蜀锦研究所技术人员研究开发，已基本得到市场认可，是市场占有率最大的产品，四川省、成都市政府的政务礼品也常选用现代蜀锦。现代蜀锦的品种有月华三闪锦、雨丝锦、方方锦、条花锦、铺地锦、散花锦、浣花锦、民族缎八种，均源自明清两代形成的流霞锦。

"方方""雨丝""月华三闪"蜀锦被誉为"明清三绝"。雨丝锦从传统的"月华三闪"发展而来。近代有"月华雨丝"。现代蜀锦用染色熟丝织造，质地坚韧，色彩鲜艳。

新中国成立前盛行的方方锦被面，取材于寺庙天花藻井图案，现在已不再生产了。方方锦的特点是缎地纬浮花，再单一地色上，以彩色经纬线配以等距不同色彩的方格，方格内饰以不同色彩的圆形或椭圆形的古朴典雅的花纹图案，如梅鹊争春、凤穿牡丹、望江楼、百花潭等。这种结构的装饰手法，是对魏晋时代的方格兽纹锦、唐代的格子红蜀江锦等著名锦样的继承和发展。

雨丝锦是利用经线彩条宽窄的相对变化来表现特殊的艺术效

果，其特点为锦面用白色和其他色彩的经丝组成，色络由粗渐细，白经由细渐粗，交替过渡，形成色白相间、呈现明亮对比的丝丝雨条状。雨条上再饰以各种花纹图案，粗细匀称，既调和了对比强烈的色彩，又突出了彩条间的花纹，具有烘云托月的艺术效果，给人以一种轻快而舒适的韵律感。图案丰富多彩，常见的有天安门、杜甫草堂、望江楼、百花潭、芙蓉白凤、翔凤游龙、莲池鸳鸯、蝶舞花丛、葵花、牡丹、梅竹、龙凤等。

月华锦则是利用经线彩条的深浅层次变化为特点。月华锦牵经时要根据彩条配色以及经线配色的编号，按彩条的次序、宽窄、色经的深浅变化规律来排列篾子，每牵完一柳头，必须调换一部分篾子，称为"手换手"，此为蜀锦独有的牵经方法。月华锦在锦面上以数组彩色经线排列成由浅入深、又由深入浅逐渐过渡的晕繝彩条，有如雨后初晴的彩练，锦面上再饰以装饰性花纹，花枝招展，令人赏心悦目。月华锦"地组织"为八枚经面缎纹，彩条起彩，纬线显花，体现了对蜀锦传统工艺的继承和发展。二十世纪七十年代后国内就无人掌握月华锦织造技艺了。

铺地锦又称"锦上添花"，其特点是在缎纹组织上用几何纹样或细小的花纹铺满地子，再在花纹上嵌织大朵花卉（有的加嵌金线），如宝相花等。色彩丰富、层次分明，显得格外富丽堂皇。散花锦的特点是花纹布满锦地，常见的图案有如意牡丹、瑞草云鹤、百鸟朝凤、五谷丰登、龙爪菊、云雁等，富有浓厚的地方色彩和民族风格。浣花锦又称花锦，是由古代名锦"落花流水锦"发展而来的，传说是唐代卜居成都浣花溪的贵妇人根据溪水荡漾的变化而设计的花纹，而且在锦织成后，多数在锦江上游溪水潭内洗涤，故名浣花锦。其特点是地组织采用平纹或缎纹、曲水纹、浪花纹与落花组合图案，纹样图案简练古朴、典雅大方。民族锦一般采用多色彩条嵌入金银丝织成，多用于民族服饰。其特点是锦面上的图案从经纬线交织中显现出自然光彩，富有光泽。常见的图案有团花、葵花、"万"字、"寿"字等。彩晕锦的特点是织纹华贵相映，明暗匹配，层次分明，并以色晕过渡，花纹绚丽多彩，别具一格。

除了实用价值、文学内涵、观赏价值，蜀锦还具有一定的收藏价值。蜀锦具有收藏价值的要素为：

一、天然材质，手工织造，技艺极为复杂。

二、美轮美奂，艺术成就极高。

三、历史悠久，具有极深的历史文化内涵，是古代中国人的智慧结晶。

四、独一无二，珍贵非凡，极其富有地域特色。

古今中外的收藏品，往往具有此"四极"中的一二，即为具有收藏价值的艺术品，而蜀锦"四极"皆备，因此是不可多得的高端艺术收藏品。就中国历史上曾对西方国家造成的重大文化输出而言，丝织品和瓷器着实突出，以致西方曾用丝绸（古希腊文 seres）或瓷器（china）来称呼中国。

据说凯撒大帝曾身着丝锦到剧院看戏，引发全场轰动，被认为是空前豪华的服装。在这些充满荣耀的过往逸事中，蜀锦一直担纲主角、贯穿始终。蜀锦具有凡锦样必有寓意的特点，往往是对生活的愿景和祝福。织造工艺细腻严谨，配色典雅富丽，大多以经线彩色起彩，彩条添花，经纬起花，先彩条后锦群，方形、条形、几何骨架添花，对称纹样、四方连续，色调鲜艳，对比强烈，别具一格。2006 年，蜀锦织造技艺经国务院批准列入第一批国家级非物质文化遗产名录，2009 年列入世界非物质文化遗产名录。

经过了岁月的洗礼，经过了时光的坎坷，蜀锦依旧傲然在丝绸之林，离不开那些对它情有独钟、坚持守候的工匠们。蜀江锦院的贺斌大师作为四川省非物质文化传承人、唯一一位80岁以下知晓全套手工蜀锦织造技艺的大师，能将蜀锦织造技艺全套传承下来，实属不易,他与搭档曹代武大师两人,作为现代蜀锦技艺传承的领军人物,一方面持续钻研发展蜀锦手工织造技艺,一方面也在教育、培养织锦传承人领域做出了不可磨灭的贡献。2006年5月20日,现"蜀锦织造技艺"已经在蜀江锦院和大师们的努力下,经国务院批准列入第一批国家级非物质文化遗产名录。2007年6月5日,经国家文化部确定,四川省成都市的叶永洲、刘晨曦为该文化遗产项目代表性传承人,并被列入第一批国家级非物质文化遗产项目226名代表性传承人名单。

对古人来说,蜀锦是身上的衣裳、富贵的象征,而到了现在,那是一种文化,一段历史。一如缂丝和云锦一般,蜀锦也不再是身上的衣裳,而是早已经被搬进了成都蜀锦织绣博物馆。这座收藏着最美蜀锦、蜀绣的博物馆坐落于美丽的浣花溪畔(原成都蜀锦厂的旧址),其前身是拥有半个多世纪历史的成都蜀锦厂,为了让更多人领略蜀锦魅力,博物馆已于2009年12月对外开放。博物馆由蜀锦、蜀绣等历史文化展示和体现历代锦绣纹样的艺术品、工艺品的展示、销售两大部分组成,是目前国内最大的蜀锦、蜀绣展示、保护、研究中心,也是蜀锦、蜀绣文化的宣传窗口。

2012年7月至2013年8月,成都文物考古研究所和荆州文物保护中心组成联合考古队，对成都老官山汉墓进行了抢救性的考古发掘，共清理西汉时期土坑木椁墓4座，2号墓葬北底箱出土了4部蜀锦提花织机模型。

在古代，"锦"是11种丝织品中最高级的奢侈品，只有皇室贵族和达官贵人才能使用，因此一向有"寸锦寸金"的说法。美誉度极高的蜀锦，在汉代逐渐发展到第一个高峰。因为某种特殊的葬俗，2号墓葬的木椁上铺了一层棕垫。墓主人是位50岁左右的女性，而在她的棺木底部陪葬着4部高约50厘米、结构复杂的木质织机模型。"汉时成都蜀锦织造业十分发达，朝廷在成都设有专管织锦的官员，因此成都有了'锦官城'这一称谓。当时，人们在江边洗濯蜀锦，环绕成都的江也因此被称为锦江。你们仔细看，这些织机模型上还缠着丝线。"谢涛推测，这些应该是参照原织机制作的缩小模型。4部织机中较大的一部高约50厘米、长约70厘米、宽约20厘米，其他三部略小，大小相近，高约45厘米、长约60厘米、宽约15厘米。"如果按照真实比例，大小如一个可以容下20人的会议室。"至于墓室主人身份，很可能是官宦贵族，家里有自己的手工作坊。在织机模型周围还有15件彩绘木俑，从它们的姿态上能想象出汉代蜀锦纺织工厂的盛景。

成都市文物考古研究所介绍，出土的四部织机模型，应当是前所未见的蜀锦提花机模型，也是迄今我国发现的唯一有出土单位的完整的西汉时期织机模型，对研究中国乃至世界丝绸纺织技术的起源和发展具有重大意义。此次发现的织机模型，是第一次出土完整的织机模型，也是迄今为止世界上最早的提花机模型。赵丰认为，此次发现，对中国纺织史、科技史都具有重要意义，代表了当时纺织手工业的最高水平，甚至对世界纺织史都有很重要的影响。

第八章

红楼蟒袍与古代图腾崇拜、襦裙文化

红楼中北静王出场时,曹雪芹这样描写他的服饰:

> 话说宝玉举目见北静王水溶头上戴着洁白簪缨银翅王帽,穿着江牙海水五爪坐龙白蟒袍,系着碧玉红鞓带,面如美玉,目似明星,真好秀丽人物。

这里交代了北静王的王帽和衣服,都是白色的,而且衣服上的图案有些特别,是江牙海水五爪坐龙白蟒。

不管是龙袍还是蟒袍,不管是龙还是江海,这些图案的意义都可追溯到最原始的一种宗教形式——图腾崇拜。

"图腾"一词最早来源于印第安语"totem",

意思为"它的亲属""它的标记"。在原始人的信仰中,认为本氏族人都源于某种特定的物种,大多数情况下,认为与某种动物具有亲缘关系,于是,图腾信仰便与祖先崇拜发生了关系。在许多图腾神话中,人们认为自己的祖先就来源于某种动物或植物,或是与某种动物或植物发生过亲缘关系,于是某种动、植物便成了这个民族最古老的祖先。例如,"天命玄鸟,降而生商"(《诗经》),玄鸟便成为商族的图腾。因此,图腾崇拜与其说是对动植物的崇拜,还不如说是对祖先的崇拜。图腾与氏族的亲缘关系常常通过氏族起源神话和称呼体现出来。如鄂伦春族称公熊为"雅亚",意为祖父,称母熊为"太帖",意为祖母。鄂温克人称公熊为"和克"(祖父),母熊为"恶我"(祖父)。

又比如匈奴关于狼的传说,《魏书·列传》记载:

> 匈奴单于生二女,姿容甚美,国人皆以为神,单于曰:"吾有此女,安可配人,将以与天。"乃于国北无人之地,筑高台,置二女其上,曰:"请天自迎之。"经三年,复一年,乃有一老狼,昼夜守台嗥呼。其小女曰:"吾父使我处此,欲以与天,而今狼来,或是神物,天使之然。"

下为狼妻，而产子。后遂繁衍成国，故其人好引声长歌，又似狼嗥。

"totem"的第二个意思是"标志"，就是说图腾还要起到某种标志作用。图腾标志在原始社会中起着重要的作用，它是最早的社会组织标志和象征。它具有团结群体、密切血缘关系、维系社会组织和互相区别的职能。同时通过图腾标志，得到图腾的认同，受到图腾的保护。图腾标志最典型的就是图腾柱，在印第安人的村落中，多立有图腾柱，在中国东南沿海考古中，也发现有鸟图腾柱。浙江绍兴出土一战国时古越人铜质房屋模型，屋顶立一图腾柱，柱顶塑一大尾鸠。故宫索伦杆顶立一神鸟，古代朝鲜族每一村落村口都立一鸟杆，这都是由图腾柱演变而来的。

图腾的标志作用几乎体现在各个方面。

旗帜、族徽。据考证，夏族的旗帜就是龙旗，一直沿用到清代。古突厥人、古回鹘人都是以狼为图腾的，史书上多次记载他们打着有狼图案的旗帜。50年代，哈萨克族部落有的还打着狼旗。东欧许多国家都以鹰为标志，这是继承了罗马帝国的传统。罗马的国徽是母狼，后改为独首鹰，东罗马帝国成立后，又改为双首鹰。德国、美利坚合众国、意大利的国徽为独首鹰，俄国（原始图腾为熊）、南斯拉夫为双首鹰，表示为东罗马帝国的继承人。波斯的国徽为猫，比利时、西班牙、瑞士以狮为徽志。这些动物标志不是人们凭空想象出来的，而是源于原始的图腾信仰。

服饰。瑶族的五色服、狗尾衫用五色丝线或五色布装饰，以象征五彩毛狗，前襟至腰，后襟至膝下以象征狗尾。畲族的狗头帽源自畲族传说，其祖先为犬，名盘瓠，其毛五彩。高辛帝时，犬戎犯边，国家危机。高辛帝出榜招贤，谓有能斩番王首来献者，妻以三公主。龙犬揭榜，前往敌国，乘番王不备，咬下番王首级，衔奔回国，献于高辛帝。高辛帝因其是狗，不欲将公主嫁他，正在为难之际，龙犬忽作人语："你将我放入金钟之内，七天七夜，就可以变成人形。"到了第六天，公主怕他饿死，打开金钟一看，身已变成人形，尚留一头未变。于是龙犬穿上大衣，公主戴上狗头冠，他们就结婚了。

纹身。台湾原住民多以蛇为图腾，有百步蛇为祖先化身的传说和不准捕食蛇的禁忌。其纹身以百步蛇身上的三角形纹为主，演变成各种曲线纹。广东蛋户自称龙种，绣面纹身，以像蛟龙之子，入水可免遭蛟龙之害。吐蕃奉猕猴为祖，其人将脸部纹为红褐色，以模仿猴的肤色，好让猴祖认识自己。

图腾舞蹈。即模仿、装扮成图腾动物的形象而舞。塔吉克人舞蹈作鹰飞行状。朝鲜族有鹤舞。其他地方还有龙舞、狮舞等。

脸谱。这个有些类似于纹身，不同的是他们是在脸上画，而不是直接在身上纹身。很多印第安部落至今还保留着脸谱，他们的脸上会画着各种奇奇怪怪的纹路，每个部落都有自己的图腾，将其画在脸上，表示自己的图腾崇拜。

图腾信仰。图腾信仰是最重要的图腾表现形式。人们把图腾化作一种信仰，变成一种等级制度，比如龙袍就是天子的衣服，而蟒袍就是天子赏赐给王爷、驸马、郡王的礼物。他们会把自己的图腾直接穿在身上，或者是把所有的图腾融合在一起，以示民族统一团结。

说完图腾的作用，再说说图腾崇拜的一些禁忌。首先要敬重图腾，禁杀、禁捕，甚至禁止触摸、注视，不准提图腾的名字。图腾死了要说"睡着了"，且要按照葬人的方式安葬。江苏宜兴人古以蛇为图腾，因此对家蛇绝对不能打杀，认为在床上、米囤上发现家蛇为吉祥，在檐梁发现为凶，应立即回避，有时还要点燃香烛用食品来供奉。尼泊尔崇拜牛，以之为国兽，禁杀、禁捕，禁止穿用牛

皮制品。因国兽泛滥,不得不定时将其"礼送"出国。其次要定时祭祀图腾,刘锡蕃在《岭表纪蛮》中讲述了祭祀狗图腾的场景:

> 每值正朔,家人负狗环炉灶三匝,然后举家男女向狗膜拜,是日就食,必扣槽蹲地而食,以为尽礼。

不过也有部落会猎取图腾兽吃,甚至以图腾为牺牲。之所以猎吃图腾兽,是因为图腾太完美了,吃了它,它的智慧、它的力量、它的勇气就会转移到自己身上来。但吃图腾兽与吃别的东西不同,要举行隆重的仪式,请求祖先不要怪罪自己。如鄂温克人猎得熊,只能说它睡着了,吃肉前要一起发出乌鸦般的叫声,说明是乌鸦吃了肉,不能怪罪鄂温克人。且不能吃心、脑、肺、食道等部位,因为这些都是灵魂的居所,吃后,要对遗骸进行风葬,用树条捆好,然后放在木架上,与葬人基本相同。

还有的以图腾作为牺牲来祭祖,是以图腾兽为人与祖先进行神灵沟通的一种媒介。原始人相信,自己的灵魂与图腾的灵魂是平等的,只是躯壳不同。死,只是灵魂脱离躯体换了一个家,而在阴间的家里,自己族类与图腾族类的灵魂居住在同一个地方。杀图腾,是以图腾的灵魂为信使，捎信给祖先灵魂，让其在冥冥中保佑自己。如印第安乌龟族人杀龟祭祖。壮族以青蛙为图腾，壮族的"蚂拐节"即青蛙节，分三个阶段：找蚂拐、孝蚂拐、葬蚂拐。正月初一，人们全体出动找蚂拐，先捉到者，放七声地炮，敬告天地，被尊为蚂拐郎，成为节日首领，迎回蚂拐，密封于宝棺之中，再端入花楼，在震天动地的铜鼓声和鞭炮声中送往蚂拐亭。从初一到月底，是给蚂拐守孝，晚上还要为蚂拐守灵。守灵满25夜后，葬蛙，杀鸡宰鸭，蒸五色饭，早饭后送到坟场安葬，还要打开上一年的宝棺，视蚂拐颜色以卜吉凶。

蒙古族也有很多图腾崇拜，有的部落认为自己的祖先是狼，有的认为自己的祖先是鹿，也有的认为自己的祖先是熊，是仙鹤，也有认为自己的祖先是树木的，他们认为自己的由来就是人跟这些动植物的结合，最后才有了这个强大的部落。同样都是蒙古族，但是他们所崇拜的图腾不一样，即他们认为自己与其他人的物种不一样，在此基础上，他们有了自己的姓氏，按照不同的图腾崇拜，找到了属于自己的组织。

图腾崇拜下，氏族社会也慢慢得到了发展，他们不再是一个大的团体，一个大的民族，而是开始有了自己的家族。我们的祖先开始学会忠于自己的图腾，忠于自己的家族，将自己的图腾变得具体化。这些动物或者植物开始慢慢接近于自己的形象，但是时间久了，人们又发现花鸟鱼虫、飞禽走兽这些图腾，如果要全部手绘的话，是一件特别费劲的事情，而且并不是每个人都会画得特别好，很容易就会把这些图案画成四不像，于是我们聪明的祖先又发明了另一种展示图腾的方式，那就是简化。

他们将写实的花鸟鱼虫和飞禽走兽变成各种条纹，比如波浪纹代表着海，千鸟格纹样就是鸟的化身，还有各种格子、条纹、不规则的几何图案、圆点、三角形等。这样他们既可以将图腾穿在身上，又大大降低了制作这些纹样的成本，不仅仅是贵族可以穿着自己图腾的服饰，就是平民、穷人也能够拥有自己的图腾崇拜，并且把织有自己图腾的服饰穿在身上。

图腾的变化以及简化从另一面也说明了人类图腾崇拜的减弱，现在我们对于自己宗族的由来已经所知甚少，而早在古代，这样的图腾崇拜就已日渐衰弱，以至于到了后期，图案成了衣服的修饰，已经不再是图腾崇拜了。后期各种服饰上花团簇拥，百花争艳，百鸟争鸣，那时候的图案更多的是一种美的修饰，而不是图腾崇拜。所以后期的官服上，除了有凸显品级的文武百官的官补、飞禽走兽之外，还有其他许多绚丽的图案，花草树木、江海湖泊等等，可以说这是民族大团结，但是更多的是为了彰显身份，表示手工艺的巧夺天工之美。

简单介绍完图腾崇拜，再介绍一下汉服中的襦裙文化。襦裙就是汉服中的裙子，在战国时期就已经出现了。古代的裙子多种多样，有百褶裙，有石榴裙，有留仙裙，有马面裙，等等。不过古代的裙子再怎么变化，唯一不变的是它的长度，还有它不会跟日本的和服一样限制走路姿势，相对来说裙摆还是比较大的。而且古代女子的脚是不能露在外面的，当然裹小脚的年代也很难把脚露在外面。

其次是裙子的穿着方式。襦裙不是贴身穿的，它是穿在裤子外面的。而且裤子并不是紧身的，是宽松的。不过这里要强调一点，裤子出现以后的穿法是穿在裤子外面，但裤子的发明是在襦裙之后，所以襦裙一开始是贴身穿的，而且连内裤都不穿。

第三，襦裙在穿着的时候会有很多的配饰，有宫绦、玉佩、香包、荷包等等。而我们现在穿裙子的时候，配饰一般集中在上半身，很少会在腰间挂这么多的配件，顶多就是给裙子配上一条腰带。

最后，也是最大的一个区别是，古代的襦裙是不分男女的，公子小姐都是穿襦裙的，不过男子的襦裙不叫襦裙，一般叫作衣裳，这个"裳"字并不是我们常说的"sháng",而是读"cháng",第二声。古代男士穿襦裙的习惯,从战国时期延续到了清朝。

虽然襦裙的历史非常久远,但在每个朝代都有不同的款式,它的受重视程度也是不一样的。比如汉代人们比较崇尚深衣,所以襦裙的使用就渐渐减少了,直到魏晋南北朝才重新开始兴起。而汉朝的襦裙样式,一般上襦极短,只到腰间,而裙子很长,下垂至地。襦裙是中国妇女服装中最主要的形式之一。

到了魏晋时期,襦裙继承了汉朝的旧制,主要还是上襦下裙。上襦多用对襟(类似现代的开衫),领子和袖子喜好添施彩绣,袖口或窄或宽。腰间用一围裳,称其为"抱腰",外束丝带。下裙面料比汉代更加丰富多彩。随着佛教的兴起,莲花、忍冬等纹饰大量出现在服装上,女裙讲究材质、色泽、花纹鲜艳华丽,素白无花的裙子也受到欢迎。魏晋时期裙腰日高,上衣日短,衣袖日窄。后来又走向另一极端,衣袖加阔到二三尺。

隋唐五代时,上衣为短襦,半臂(属于罩衫,形制如同今短袖衫,因其袖子长度在长袖与裲裆之间,故称为半臂)与披肩(属于配饰)构成当时襦裙的重要组成部分。隋代,上襦又时兴小袖。唐代长期穿用小袖短襦和曳地长裙,但盛唐以后,贵族衣着又转向阔大拖沓。裙用四幅连接缝合而成，上窄下宽，下垂至地，不施边缘。裙腰用绢条，两端缝有系带。这时上襦的领口变化多样，其中袒胸大袖衫一度流行，展示了盛唐思想解放的精神风貌。披肩从狭而长的披子演变而来，后来逐渐成为披之于双臂、舞之于前后的飘带，这是中国古代仕女的典型服饰，在盛唐及五代最为盛行。下裙面料以丝织品为主，以多幅为佳，裙腰上提，此时裙色鲜艳，多为深红、绛紫、月青、草绿等，其中以石榴红裙流行的时间最长，色彩多样，多中求异，让人眼花缭乱，目不暇接。如唐中宗的女儿安乐公主的百鸟裙，堪称中国织绣史上之名作。武则天时代的响铃裙，将裙四角缀十二铃，行之随步，叮当作响，可谓千姿百态，美不胜收，与短襦和披肩相配一体，尽显盛唐女子雍容华贵的丰腴风韵，表现出极富诗意的美与韵律。

宋代，在程朱理学"存天理、灭人欲"的思想影响下，这一时期的服装一反唐朝的艳丽之色，形成淡雅恬静之风。此时除上襦外，女性罩衫流行"褙子"，下裙时兴"千褶""百叠"，腰间系以绸带，裙色一般比上衣鲜艳，其中老年妇女和农村女子多穿深色素裙。裙料多以纱罗为主，绣绘图案或缀以珠玉，当时还出现了前后开衩的"旋裙"及相掩以带束之的"赶上裙"。在裙子中间的飘带上常挂有一个玉制的圆环饰物——玉环绶，用来压住裙幅，使裙子在人体运动时不至于随风飘舞而失优雅庄重之仪。

到了元代，襦裙基本上沿袭宋代遗制，但色彩比较灰暗。明代流行袄裙（襦裙的演变），在明墓均有出土。交领中腰襦裙为日常百姓穿着（如丫头、农妇等）。上襦为交领、长袖短衣，裙内加穿膝裤（套裤）。裙子的颜色，初尚浅淡，虽有纹饰，但并不明显。至崇祯初年，裙子多为素白，即使刺绣纹样，也仅在裙幅下边一二寸部位缀以一条花边，作为压脚。裙幅初为六幅，即所谓"裙拖六幅湘江水"；后用八幅，腰间有很多细褶，行动辄如水纹。到了明末，裙子的装饰日益讲究，裙幅也增至十幅，腰间的褶裥越来越密，每褶都有一种颜色，微风吹来，色如月华，故称"月华裙"。

明代也出现了一种特别的裙子样式——马面裙，也叫马面褶裙，它前后共有四个裙门，两两重合，侧面打裥，中间裙门重合而成的光面，俗称"马面"。这一面也是正面，虽然后面的图案跟正面是一样的，但是只有正面这一面才是马面。

马面裙始于明朝（可能可以追溯至更早），延续至民国。明朝的马面裙所用布幅为七幅左右，两片裙子，每片各三幅半，裙摆大阔。除裙子前后一块不加打褶外，其余诸处均打褶，褶大而疏，缀于异色的裙腰上，裙腰左右两端缝缀系带，裙摆宽大，其上或织或绣缀底襕或膝襕。裙襕的纹饰多样，且寓意丰富，如蝙蝠图案即福的象征；蝙蝠与云纹组合寓意洪福齐天；灯笼纹样的寓意五谷丰登；八宝流苏璎珞海螺等纹样组成的多有吉祥寓意，更为流行；而愈加讲究的裙襕则为龙纹、云蟒纹。马面和裙襕的组合，为千年的女裙增加了流光溢彩和几分端庄华丽。

而清代汉人女子所着马面裙较为繁复，褶子细密，有多至百褶的，褶为死褶，一些马面裙褶间还有镶边。清代马面裙重视马面的装饰，多用刺绣等方式装饰马面。

第九章 画中走出来的宋锦

如果说缂丝是低调的华丽，云锦是帝王的庄严，蜀锦是川峡的霸气，那么宋锦就是江南水乡的一种情怀。在缂丝的低调与云锦、蜀锦的奢华之间似乎少了一个中间地带，而宋锦恰恰补足了其中的遗憾，它奢华而低调，婉约又活泼，有一种温和的华丽。

宋锦是中国传统的丝制工艺品之一，开始于宋代末年。宋锦，因其主要产地在苏州，故又称"苏州宋锦"。宋锦色泽华丽，图案精致，质地坚柔，被赋予中国"锦绣之冠"，与南京云锦、四川蜀锦一起，被誉为我国的三大名锦。2006年，宋锦被列入第一批国家级非物质文化遗产名录。传承单位为苏州丝绸博物馆，钱小萍为唯一的国家级传承人。2009年9月联合国教科文组织保护世界非物质文化遗产政府间委

> 话红楼

霓裳钗影

员会又将宋锦列入了世界非物质文化遗产。2014年11月在北京雁栖湖召开的APEC晚宴上，参加会议的领导人及夫人们身着中国特色服装抵达现场，统一亮相一起拍摄"全家福"。他们穿的宋锦"新中装"面料，便是产自苏州吴江的鼎盛丝绸。

苏州宋锦是在唐代蜀锦的基础上发展起来的。晋末，因"五胡乱华"导致汉人衣冠南渡。南朝宋郡守山谦之从蜀地引进织锦工匠在丹阳（与南朝刘宋都城南京相邻）建立东晋南朝官府织锦作坊斗场锦署，使蜀锦技艺传到江南。五代时吴越王钱镠在杭州设立一手工业作坊，网罗了技艺高超的织锦工300余人。北宋初年，都城汴京开设了"绫锦院"，集织机四百余架，并聘来了众多技艺高超的川蜀锦工作艺人为骨干。另在成都设"转运司锦院"。南宋朝廷迁都杭州后，在苏州设立了宋锦织造署，将成都的蜀锦织工、机器迁到苏州，丝织业重心逐渐南移。两宋时在苏州、杭州、江宁等地设织造署或织造务。宋代，江南丝织业进入全盛时期，苏州出现了一种非常细薄的织锦新品种，是理想的书画装裱材料。从宋代留传下来的锦裱书画轴子来看，宋锦在当时已有"青楼台锦""纳锦""紫百花龙锦"等40多个品种。

苏州宋锦最初是专供装裱书画之用的。《天水冰山录》记严嵩家中收藏的宋锦有大红、沉香、葱白、玉色种种，其中有三种织金锦，名目是青织金仙鹤宋锦、青织金穿花凤宋锦、青织金麒麟宋锦。到了宋代，主要是宋高宗南渡以后，为了满足当时宫廷服饰和书画装帧的需要，织锦得到了极大的发展，并形成了独特的风格，以至于后世谈到锦，必称宋。宋锦，可分为重锦、细锦、匣锦、小锦四类。重锦有四五十种花样，均为明清流传下来的底本，如龟背龙纹、金线如意、双桃如意、福寿全宝、梅兰竹菊、定胜四方等。重锦又称大锦，花作退晕，金勾轮廓，是宋锦中最名贵的品种。细锦在四方连续、六方连续、八方连续骨式内添加小花，分别称四达锦、六达锦、八达锦，用作衣物。匣锦最薄，又称"小锦"，颜色素净，用作书画、锦匣装裱。明代宋锦发展到百余种。如明代宣德年间织有"昼锦堂记"，精妙绝伦；现故宫博物院收藏的苏州织造府织造的宋锦作品有"明·盘绦花卉宋式锦""狮纹锦""龙纹球路锦""宝莲龟背纹锦""四合如意定胜锦""八合、四合如意天华锦""灵鹫路纹锦"等，其中"极乐世界重锦织成锦图轴"堪称稀世珍宝。

苏州织局的"盘绦花卉纹绵"以质地柔软、经面整洁而著称，至今故宫博物院尚藏有明洪宣年间苏州织造的浅豆沙团龙麒麟天华锦及隆崇年间的浅豆沙五彩串枝梅蝶锦。经明末清初战乱，宋锦图案一度失传，康熙年间有人从泰兴季氏处购得宋裱《淳化阁帖》十卷，揭取其上宋裱织锦二十二种，转售予苏州机房模取花样，并改进工艺组织重新生产，遂使失传多年的古宋锦在苏州又恢复生产。同治年间，苏州拥有织机最多的为李万隆，以后又有孙万顺、徐隆茂、周万和、筱兴昌、陆万昌等，其中陆万昌的产品质量最好，曾获得清政府1910年在南京举办的"南洋劝业会"金银质奖章。

这时期宋锦的代表作有加金缠枝花卉天华纹锦、云地宝相花纹重锦、瑞花龟背锦、艾绿地双狮球路锦、蓝地矩纹镜花锦、水粉地折枝花蝶杂宝锦、黄绿地四合天华锦等。14世纪到19世纪是宋锦最鼎盛的时期，20世纪初，因受西方现代化工业的冲击，以及多年的战乱，传统宋锦一度衰落，宋锦的制作技艺几乎失传。由于宋锦流传下来的画样本就很少，技法也大多失传，故明清以后织出的宋锦称为"仿古宋锦"或"宋式锦"，统称"宋锦"。民国初年，因军阀混战，宋锦业逐步萎缩，濒临失传。到新中国成立前夕，宋锦业已奄奄一息，濒临绝迹，仅剩织机十二台，不少织锦工人都只好改行度日。新中国成立以来，成立了宋锦生产合作社（宋锦漳缎厂、织锦厂），使苏州宋锦得到了恢复和发展。二十世纪八十年代初，苏州织锦厂专门成立了设计室和科技组，着手研究扩大传统宋锦织物的生产，并已设计生产出了织有环球、龙凤、如意等图案的新花样，他们还不断挖掘内部潜力，将普通丝织机改为宋锦织机，生产量有了大幅度提高。该厂设计的宋锦于1979年被评为信得过产品，1981年荣获江苏省百花奖。

成都蜀锦自汉代就已经相当繁荣。史载西汉初年，成都地区的丝织工匠在织帛技艺的基础上发明了织锦。锦，就是用多种彩色丝织成的多彩提花织物。汉代时，成都已有专门的锦官，并建有锦官城，将作坊和工匠集中在一起管理，成都也因此而名为锦城、锦官城，濯锦的河流也被称作锦江。到了唐代，蜀锦业更加兴旺发达，果州（今南充）、保宁府（今阆中）等地所产的生丝源源不断地涌向成都，用这些地区的生丝制作的蜀锦质纹细腻，层次丰富，色泽瑰丽多彩，花纹精致古雅，尤以团花纹锦、赤狮凤纹锦等最为珍贵。唐玄宗身穿的五彩丝织背心，被视为"异物"，安乐公主出嫁时的一条单丝璧罗龙裙，"飘似云烟，灿如朝霞"。日本正仓院和法隆寺也珍藏有"蜀江水幡""蜀江太子御织伞"等许多唐代蜀锦的残片。而且由于唐太宗对王羲之书法的推崇，蜀锦开文字之先河，织出了《兰亭序》，被作为"异物"送入皇宫。四川窦师伦设计的"陵阳公样"，自唐初起流行百年而不衰。北宋时，成都转运司在此设立了锦院，专门生产上贡的"八达晕锦"、"官诰锦"、"臣僚袄子锦"以及"广西锦"。宋皇室规定，对文武百官按其职位高低，每年分送"臣僚袄子锦"，其花纹各有定制，分为翠毛、宜男、云雁、瑞草、狮子、练鹊、宝照（有大花、中花之分）等。到南宋时，成都锦院还生产各种细锦和锦被，花色更加繁复美丽，这些丝织锦在后来通过商贸等方式逐渐流传到全国，成为知名的传统品种。

宋锦的图案风格、组织结构和织造工艺等和蜀锦有所区别。它以纬面斜纹显示主体花纹，经面斜纹为地纹或少量陪衬花，其锦面匀整、质地柔软、纹样古朴，大都供装裱之用。

宋锦不仅具有很高的鉴赏收藏价值，还有个很大的优势，它解决了任何丝绸类手工艺品都无法达到的实用性问题。通常艺术品只能小心翼翼地用画框装裱展示，与一般的书画没有什么本质上的区别。宋锦的实用性非常强，它质地柔软坚固，图案精美绝伦，耐磨且可以反复洗涤，适用面非常广。

宋锦的制作工艺较为复杂，以经线和纬线同时显花为主要特征。元、明、清三朝以后所形成的以经面斜纹作地，纬面斜纹显花的锦又称宋式锦、仿宋锦，但统称宋锦。广义而言，宋代的宋锦同于宋代的蜀锦。当时所称的蜀锦和宋锦只是产地不同，但蜀锦形成得更早。宋锦继承了汉唐蜀锦的特点，并在此基础上又创造了纬向抛道换色的独特技艺，在不增加纬重数的情况下，整匹织物可形成不同的横向色彩。宋锦在织造上一般采用"三枚斜纹组织"，两经三纬，经线用底经和面经，底经为有色熟丝，作地纹；面经用本色生丝，作纬线的结接经。染色需用纯天然的染料，先将丝根据花纹图案的需要染好颜色才能进入织造工序。染料挑选极为严格，大多是草木染料，也有部分矿物染料，全部采用手工染色而成。宋锦图案一般以几何纹为骨架，内填以花卉、瑞草，或八宝、八仙、八吉祥。八宝指古钱、书、画、琴、棋等，八仙是扇子、宝剑、葫芦、柏枝、笛子、绿枝、荷花等，八吉祥则指宝壶、花伞、法轮、百洁、莲花、双鱼、海螺等。在色彩应用方面，多用调和色，一般很少用对比色。宋锦织造工艺独特，经丝有两重，分为面经和底经，故又称重锦。

宋锦图案精美、色彩典雅、平整挺括、古色古香，可分大锦、合锦、小锦三大类。大锦组织细密、图案规整、富丽堂皇，常用于装裱名贵字画、高级礼品盒，也可用于制作特种服装和花边。合锦用真丝与少量纱线混合织成，图案连续对称，多用于画的立轴、屏

175

条的装裱和一般礼品盒。小锦为花纹细碎的装裱材料，适用于小件工艺品的包装盒等。其在制作工艺中有纬线三种，一纬纹与地兼用，二纬专作纹纬，三纬分段换色织造。其纹样多为几何纹骨架，其间饰的团花或折技小花，规整工致。几何纹有八达晕、连环、飞字、龟背等。色彩多用调和色，不用对比色。宋锦主要用作书画装饰和官员服装。近代也生产结构简单的盒锦（小锦），是纬二重小提花织锦，多用环形和万字形花纹。

宋锦与缂丝有些类似，其制作工艺复杂，显现出来的图案十分平素，不张扬，却在细节处透着精致，是丝绸中的贵族。也正是因为宋锦的低调华丽，很多人分不清楚宋锦与缂丝的真伪和好坏。

宋锦是苏州的特色，江浙苏杭一带人杰地灵，涌现了一大批的手工匠人。在他们的巧手编织下，缂丝、云锦、宋锦、苏绣等在国际上一鸣惊人。随着时代的发展，非物质文化遗产的发展遭遇到了瓶颈，历史成为过去，这是民族的悲哀，也是历史的遗憾。而宋锦作为苏州的一个特色，一个标志，不应该就此淹没在历史的长河中。因此，苏州于1995年成立了中国丝绸织绣文物复制中心，对传统丝绸的织染工艺和古代织锦进行了深入的研究、复制，为宋锦的抢救保护创造了条件。

2006年5月20日，该织造技艺经国务院批准列入第一批国家级非物质文化遗产名录。2007年6月5日，经国家文化部确定，江苏省苏州市的钱小萍为该文化遗产项目代表性传承人，并被列入第一批国家级非物质文化遗产项目226名代表性传承人名单，她成功复制了东周时期"条形几何纹锦"、"方孔纱"和"北宋·灵鹫球路纹锦"等珍贵丝绸文物二十余件。钱小萍在理论上对宋锦做了论述和工艺技术的记载，她主编的《丝绸织染》一书中，宋锦一章由她亲自编写，此外，她还编著了《苏州宋锦》专辑一本，详细分析和记载了宋锦的工艺技术和结构，以传后人。2005年5月，由钱小萍撰写的"宋锦结构和制作工艺"文稿被列入《中国传统工艺全集——丝绸织染》正式出版。2009年9月28日，联合国教科文组织保护非物质文化遗产政府间委员会第四次会议上，宋锦作为中国蚕桑丝织技艺入选世界非物质文化遗产。从2005年开始，钱小萍就一直致力于研究挖掘、传承和弘扬宋锦，创制了不少宋锦的复制品和仿制品，开发出了多种新型宋锦工艺品和实用品，并联合多家企业，推出相关宋锦产品，以期为宋锦的重振做出更大的贡献。1956年，新疆与青海交界处阿拉尔出土的"灵鹫纹锦袍"，根据魏松卿在《考阿拉尔出土木乃伊墓的织绣品》一文中提出的观点，其被鉴定为北宋织锦。2006年，此袍用米黄地灵鹫纹锦（球路双鸟纹锦）复制成功。

宋锦是用彩纬显色的丝织物，有两种含义：一是指宋代由官府锦院主持生产的织锦，二是指明清时期由苏州织造府主持生产的宋式锦。宋代官府锦院主持生产的宋锦以四川成都的蜀锦最著名。北宋在成都设转运司锦院，到南宋改为茶马司锦院，所产蜀锦花式繁多。据元代费著《蜀锦谱》记载，有土贡锦、官诰锦、臣僚袄子锦以及输送去广西、黎州、叙州、南平军、文州交易的锦和较贵重的细色锦。其花式有：八达晕、盘球、簇四金雕、葵花、六达晕、翠池狮子、云雁、大窠狮子、大窠马打球、双窠云雁、宜男百花、七八行锦、玛瑙锦、天下乐、青绿瑞草云鹤、青绿如意牡丹、真红穿花凤、真红宜男百花、真红雪花球路、真红樱桃、真红水林禽、鹅黄水林禽、紫皂缎子锦、真红天马、真红飞鱼、真红聚八仙、真红六金鱼、真红及四色或二色湖州百花孔雀和大孔雀锦、秦州细法及中法真红锦。元代戚辅之《佩楚轩客谈》记载，蜀有十样锦：长安竹、雕团、象眼、宜男、宝界地、天下乐、方胜、狮团、八达晕、铁梗襄荷。宋代织锦实物出土至罕，仅在苏州虎丘云岩寺塔发现几件五代时的织锦。但前述宋代蜀锦花式，有些可在明锦中找到。

宋锦属于织锦类工艺品，工艺复杂，品种繁多。宋锦的品种有40多种，分为大锦、匣锦和小锦三类，它们各具风格和用途。

大锦又分为重锦和细锦。大锦是宋锦中最有代表性的一种，图案规整，富丽堂皇，质地厚重精致，花色层次丰富，常用于装裱名贵字画。其中重锦最为贵重，特点是在纬线上大量使用捻金线或纯金线，并采用多股丝线合股的长抛梭、短抛梭和局部特抛梭的织造工艺技术，图案更为丰富，常见的图案有植物花卉、龟背纹、盘绦纹、八宝纹等，主要生产宫廷、殿堂里的各类陈设品和巨幅挂轴等。明清之后宋锦仍然相沿不衰，故宫博物院收藏有一幅清代重锦"极乐世界"织成图轴，是宋锦中的极品。在2米宽的独幅纹样中有278个神态各异的人物佛像，还有宫殿巍峨、祥云缭绕、奇花异草，充分展示了重锦高超的艺术技巧。大锦中的细锦在原料选用、纬线重数等方面比重锦简单一些，厚薄适中，易于生产，广泛用于服饰、高档书画及贵重礼品的装饰装帧。匣锦用真丝与少量纱线混合织成，图案连续对称，多用于书画的立轴、屏条的装裱。大锦质地厚重，图案精美，多使用金银线编织。作品美观大气，适合于制作各类书画装饰品。

匣锦常见的组织有两种：一种配有特经，经斜纹地，纬斜纹花；

另一种不用特经，在不规则六枚经缎纹地上起长纬浮花。匣锦纹样多为小型几何填花纹或小型写实形花纹。纬丝一般用两梭长跑纬与一梭短跑纬作纹纬，另有一梭地纬。经纬配置稀松，常于背面刮一层糊料使其挺括，专作装裱囊匣之用。除此之外，匣锦还用于制作一些仿古的作品，如仿古的屏风，名人的书画，高档场合以匣锦的点缀来突出古典的氛围，等等。

小锦，包括月华锦、万字锦和水浪锦三种，其质地柔软而坚固，一般使用天然蚕丝制作而成。用小锦来制作服饰，高贵典雅尽显身份，在近代非常盛行。此外，小锦也多用于装饰小件工艺品的包装盒。

重锦是明清宋锦中最贵重的品种。选用优质熟色丝、捻金线、片金线，在三枚斜纹的地组织上，由特经与纹纬交织成三枚纬斜纹花。花纹一般用很多把各色长织梭来织，在某些局部用短跑梭配合。例如北京故宫博物院保存的清康熙"云地宝相莲花重锦"，地经和特经是月白色的，长织纹纬用墨绿、浅草绿、湖蓝、玉色（带有蛋青色的白）、宝蓝、月白（极浅的浅蓝）、沉香（发黄的棕色）、黄色、雪青（浅青莲色）、棕黄、粉红、浅粉、白色、捻金线等14把长织梭与1把大红色特跑梭（每隔一段距离才织的）来织制，色彩绚烂壮观，这种重锦是宫廷制作铺垫及陈设的用料。重锦也用来织制绘画挂轴和佛像画，如辽宁省博物馆保存的元代织成的仪凤图轴、西藏布达拉宫保存的清代织锦弟斯桑结嘉措像、北京故宫博物院保存的清代乾隆《彩织极乐世界图轴》等。

《彩织极乐世界图轴》高448厘米，宽196.5厘米。从画心到宝相花装饰的幅边及上下裱首和绶带部分，均为通幅长跑梭所织，在石青地子上用大红、木红、粉红、水粉、深蓝、月白、葵黄、鹅黄、米黄、橘黄、墨绿、浅绿、玉色、黑色、白色、茄紫、雪灰、赤圆金、黄圆金等19把长织梭织出278个不同神态的人物。画幅中段织出佛、弟子、菩萨、力士、伎乐天人等，下段织九品莲池、转生人物，上段是庄严富丽的建筑配景。人物和建筑都用平涂设色，细线勾勒。在对比色衔接的地方运用3层或4层退晕的方法，外浅内深逐层过渡，取得整体的协调。细色锦的组织与重锦相似，也采用特经来结接纹纬和背组织。地经与特经的配置有3∶1、6∶1、2∶1三种。多以分段换色的短跑梭来织主花，用长跑梭织花叶枝茎或花的包边线及锦地几何纹。花纹色彩有时多达20余种，按照花纹分布来变换颜色，有"活色"之称。

苏州宋锦与南京云锦、成都蜀锦并列为中国三大名锦。宋锦指具有宋代织锦风格、用彩纬显色的纬锦。它风格独特，在纹样组织上，精密细致，质地坚柔，平服挺括；在图案花纹上，对称严谨又富有变化，流畅生动；在色彩运用上，艳而不火，繁而不乱，富有明丽古雅的韵味。

第十章 壮锦和它的美丽传说

中国四大名锦，云锦、宋锦、蜀锦、壮锦，其中云锦、蜀锦高贵大气，华丽异常，宋锦低调优美，精致富贵，尽管风格大相径庭，却都体现了汉族人民的智慧与文化传统。庄重典雅，美则美矣，难免有些单调。壮锦作为四大名锦之一，弥补了单一汉族文化的缺憾。

壮锦，即中国壮族传统手工织锦。以棉、麻线作地经、地纬平纹交织，用于制作衣裙、巾被、背包、台布等。主要产地分布于广西靖西、忻城、宾阳等县。传统沿用的纹样主要有二龙戏珠、回纹、水纹、云纹、花卉、动物等20多种，后又出现了"桂林山水""民族大团结"等80多种新图案，富有民族风格。壮族是一个历史悠久的民族，古代叫俚族、僚族、俍族和土族，从宋代起，才改称为僮，后又改称为壮。壮族有很古老的历史,世世代代居住在我国西南部的广西、云南、贵州和湖南部分地区。壮锦又称"僮锦""绒花被",较厚实。被誉为中国四大名锦之一的壮锦是广西的文化瑰宝,这种利用棉线或丝线编织而成的精美工艺品,图案生动,结构严谨,色彩斑斓,充满热烈、开朗的民族风格,体现了壮族人民对美好生活的追求与向往。

壮锦是在装有支撑系统、传动装置、分综装置和提花装置的手工织机上,以棉纱为经,以各种彩色丝绒为纬,采用通经断纬的方法巧妙交织而成的艺术品。壮锦最适合做被面、褥面、背包、挂包、围裙和台布等。壮锦是用棉或麻的股纱作经线,以不加捻或者微捻两种彩纬织入起花,在织物正面和背面形成对称花纹,并将地组织完全覆盖,增加厚度。还有用多种彩纬挑出的,纹样组织复杂,多用几何形图案,色彩鲜明,对比强烈,具有浓艳粗犷的艺术风格。

壮锦作为工艺美术织品,是壮族人民最精彩的文化创造之一,其历史也非常悠久。据说,早在汉代,当地就已经产生了"细者宜暑,柔熟者可御寒"的峒布。聪明的壮族人民,充分利用植物的纤维,织制出葛布和络布作为衣料。新中国成立后,考古工作者在广西罗泊湾汉墓的七号残葬坑内发掘出土了数块橘红色回纹锦残片，证实汉代广西已有织锦技艺。据《唐六曲》和《元和郡县志》记载，早在唐朝，壮族人民所织出的蕉布、竹子布、吉贝布、斑布、都洛布、麻布、丝布、食单等布料，已被列为贡品。唐人张籍的《白歌》称赞白苎布："皎皎白苎白且鲜，将作春衣称少年。"意思是说人们穿着白苎布缝制的衣服好像年轻多了。

壮锦经历了从单色到五彩斑斓，图案花纹从简单到繁复的发展变化。罗泊湾汉墓出土的黑地橘红回纹锦残片，可看作壮锦的滥觞。唐代，壮族的蕉布、竹子布、吉贝布、斑布、丝布等已成为宫廷贡品，但真正能够称为"锦"的纺织品则出现于宋代。宋代"白质方纹，佳丽厚重"的布，就是早期的壮锦。

北宋元丰年间，吕大防在四川设蜀锦院，四种织锦之中，即有广西锦（即壮锦），为上贡的锦帛之一，可见壮锦之名贵。据南宋范成大的《桂海虞衡志》记载，当时壮锦出产于广西左右江，称为"羰布"。周去非在《岭外代答》中说：绒布"白质方纹，广幅大缕，似中都之线罗，而佳丽厚重，诚南方之上服也"。所谓"白质方纹"，就是指当时生产的壮锦，其装饰花纹为方格几何纹，色调为单色，这是早期的壮锦，具备了"厚重"和织有方格纹图案的基本特征。

到了宋代，壮族的手工纺织业更为发达。当时宋王朝需要"绸绢纳布丝锦以供军需"，便在四川设了"蜀锦院"，大量的蜀锦运来广西，再由广西输出。壮族人民很快吸收了蜀锦的工艺，著名的壮锦也就应运而生。当时，各州县都有出产。

> 壮人爱采，凡衣裙巾被之属，莫不取五色绒线杂以织，如花鸟状。……嫁奁，土锦被面决不可少，以本乡人人能织故也。土锦以柳绒为之，配成五色，厚而耐久，价值五两，未笄之女即学织。

壮锦不仅成了壮族人民日常生活中的用品和装饰品，编织壮锦更是壮族妇女必不可少的"女红"，壮锦是嫁妆中的不可或缺之物。清末民初，壮锦开始衰落。

历经千余年发展的壮锦有自成体系的3大种类、20多个品种和50多种图案，以结实耐用、技艺精巧、图案别致、花纹精美著称。当时的壮锦是用丝、麻、丝棉交织而成的。壮锦不同于其他的锦缎那么秀丽俊美，它的花色图案简单，色彩鲜艳，遵循着壮族人民朴实无华的品质，又透着一股子少数民族的单纯热情。

壮锦所用的原料主要是蚕丝和棉纱,靠手工生产。丝绒:从种桑养蚕,到拣、夹、纺、漂、染,均由织锦者自己完成。棉纱:从种棉到纺纱,经过去籽、弹花、纺、染、浆等工序。染料则利用当地植物和有色土来进行。红色用土朱、胭脂花、苏木,黄色用黄泥、姜黄,蓝色用蓝靛,绿色用树皮、绿草,灰色则用黑土、草灰。用土料搭配可染出多种颜色。

壮锦的织机是百年前就已经定型、再经过不断改变的小木机。其结构简单,机织轻便,易于操作,使用方便,但是效率颇低。全机由机身、装纱、提纱、提花和打花五部分组成。机身包括机床、机架、坐板。装纱包括卷经纱机头、纱笼、布头轴、绑腰、压纱棒。提纱包括纱踩脚、纱吊手、小综线。提花包括花踩脚、花吊手、花笼、编花竹、大综线、综线梁、重锤。打花包括筘、挑花尺、筒、绒梭、纱梭。壮锦的编织是一门枯燥而复杂的工艺,虽然它对操作者的文化素质并没有太高的要求,然而每天数万次机械的动作确实是对织锦人极大的考验。织锦时,艺人按着设计好的图案,用挑花尺将花纹挑出,再用一条条编花竹和大综线编排在花笼上。织造时,就按照花笼上的编花竹一条条地逐次转移,通过纵线牵引,如此往复,便把花纹体现在锦面上。

话红楼 霓裳钗影

　　关于壮锦，至今还有一段美丽的童话故事在民间流传。那是在很久以前，在一座穷困的大山里发生的故事。那是一座平淡无奇的大山，没有响亮的名字，也不是家喻户晓的名山，只是一座平淡无奇、没有名字的大山，禁锢着山里的人。就在大山脚下，有一块平地，平地上有几间茅屋。茅屋破破烂烂，破得但凡有一点法子，人也一定不会选择住在那样的房子里。可就在这样的茅屋里，住着一个朴实无华的女人，她的名字叫作妲布。她曾经有着美丽的容颜，鲜活的青春，一双灵巧精致的双手。年轻时候的她，是这里有名的巧手绣娘，是很多年轻小伙子梦寐以求的新嫁娘。那时候的她青春懵懂，美丽善良，她选择了一个老实清秀的小伙子做自己的夫婿。小伙子没有美丽的房子，但是他说愿意用自己的一生为妲布盖一个世间最美的家，里面有美丽的花园、广阔的土地，她可以在那里种植自己的果园、菜园，他还可以为她挖池塘，他们会一家人幸福快乐地生活在一起。

　　这正是她想要的生活，所以她想也没有想就答应了小伙子的求婚，两人幸福地在一起了。婚后的生活男耕女织，羡煞旁人，小伙子十分上进，天天辛勤劳作，就是希望可以早一点实现自己对妲布的承诺。一开始两人的生活有滋有味，他们十分恩爱，很快就有了两人的第一个孩子，他们沉浸在喜悦中。小伙子说："我们以后一定要生很多很多的孩子，子孙满堂，这样等我们老的时候，看着我们的孙子、重孙子在院子里蹦蹦跳跳，那就是最幸福的一件事情了。"

那时候的姐布就是个热恋中的小女人，她听到丈夫这么说的时候，总是羞涩地点点头。很快他们就有了第二个孩子、第三个孩子，当时的姐布觉得自己就是这个世界上最幸福的女人，拥有最美的生活。但这样的日子却没有一直维持下去，就在他们的第三个孩子出生以后，厄运降临在了这个美好的家庭中。姐布的丈夫因为长时间的劳作，身体早就超负荷，他就这么倒在了她和孩子们的面前。为了给丈夫治病，姐布将家里所有的钱都拿了出来，只希望可以治好丈夫的病，但是最后她的丈夫还是死去了，只剩下她和三个孩子。

临死前，丈夫的眼中充满了愧疚，他泪流满面地说道："对不起，终究我还是没有兑现自己的诺言，以后的路恐怕就要你自己走了。"丈夫死后，姐布就带着三个孩子重新开始了他们的生活。因为给丈夫看病，之前的那些钱早就已经用光了，她只能离开家乡，来到大山里面，过着清贫的生活。姐布的大孩子叫勒墨，老二叫勒堆厄，最小的叫勒惹。

三个孩子从小就很懂事，知道帮母亲分担家务，也很勤奋，因为他们过怕了那种贫穷的日子。失去了丈夫的妲布，成了家里唯一的经济来源，她织得一手好壮锦，凭借着这个手艺，他们的生活才能维持下去。妲布在锦上织起的花草鸟兽，活鲜鲜的。人家都买她的壮锦来做背带心、被窝面、床毡子。因为她的这一门手艺，一家四口的生活也算过得不错。

妲布慢慢老了，但是她一直都没有忘记过丈夫当年的承诺，想着总有一天要完成它，带着三个儿子过上幸福的生活。这一天，妲布拿起几幅壮锦到圩上去卖，偶然间看见店铺里有一张五彩的画，画得很好。画上有高大的房屋、好看的花园、大片的田地，又有果园、菜园和鱼塘，又有成群的牛羊鸡鸭。当下她惊呆了，她觉得这一定是她丈夫在天之灵给她的一种暗示，告诉她只要坚持了，梦想就会实现的。看着画上的房屋、花园、田地、果园、菜园、池塘，跟当年丈夫说的一模一样。她忍不住看了又看，心头乐滋滋，暖融融的，仿佛看到了自己的丈夫一般，这感觉实在太奇妙了。她本来打算用卖锦得的钱，全都买米的，但因为爱这张画，就少买了一点米，把画买回了家。

在回家的路上,妲布几次坐在路边打开画来看。她自言自语地说:"我能生活在这么一个村庄里就好了。"

回到家,她把图画打开给儿子们看,儿子们也看得笑嘻嘻的。

妲布对大仔说:"勒墨,我们最好住在这么一个村庄里啊!"

勒墨撇撇嘴说:"阿咪,做梦吧!"

妲布对二仔说:"勒堆厄,我们住在这么一个村庄里才好啊!"

勒堆厄也撇撇嘴说:"阿咪,第二世吧!"

经过了两次打击,她有些失望了,皱着眉头对小仔说:"勒惹,不能住在这样一个村庄里我会闷死的。"说完,她长长叹了一口气。

勒惹想了一想,安慰她说:"阿咪,你的锦织得很好,锦上的东西活鲜鲜的。你最好把这张图画织在锦上,你看着看着,就和住在美丽的村庄里一样了。"

妲布想了一会,喷喷嘴说:"你说的话很对,我就这样做吧!不然我会闷死的。"

妲布买了五彩丝线,摆正布机,依照图画织起来。

织了一天又一天,织了一月又一月。

勒墨和勒堆厄很不满意她这样做。他们常拉开她的手说:"阿咪,你尽织不卖,专靠我们砍柴换米吃,我们太辛苦了!"

勒惹对大哥二哥说："让阿咪织吧，她不织会闷死的。你们嫌砍柴辛苦，由我一个人去砍好了。"

于是一家人的生活，就由勒惹不分日夜地上山砍柴来维持。

妲布也不分日夜地织锦，晚上将油松燃烧起来照亮。油松的烟很大，把妲布的眼睛也熏坏了。可是，妲布还是不肯歇手。一年以后，妲布的眼泪滴在锦上，她就在眼泪上织起了清清的小河，织起了圆圆的鱼塘。两年以后，妲布的血滴在锦上，她就在鲜血上织起了红红的太阳，织起了鲜艳的花朵。

织呀织的，一连织了三年，这幅大壮锦才织成功。

这幅壮锦真美丽呀！

几间高大的房子，蓝的瓦，青的墙，红的柱子，黄的大门。门前是一座大花园，开着鲜艳的花朵。花园里有鱼塘，金鱼在塘里摆尾巴。房子左边是一座果园，果树上结满了红红的果子。果树上有各种各样的飞鸟。房子右边是一座菜园，园里满是青青的菜、黄黄的瓜。房子后面是一大片草地。草地上有牛羊棚、鸡鸭笼。牛羊在草地上吃草，鸡鸭在草地上啄虫。离房子不远的山脚下，有一大片田地，田地里满是金黄的玉米和稻谷，清清的河水从村前流过，红红的太阳从天空照下来。

"啧，啧，这幅壮锦真美丽啊！"三个孩子赞叹着。

妲布伸一伸腰，擦着红红的眼睛，咧开嘴巴笑了，笑得好痛快。

忽然，一阵大风从西方刮过来，把这幅壮锦卷出大门，卷上天空，一直朝东方飞去了。

妲布赶忙追了出去，摇摆着双手，仰着头大喊大叫。啊呀！转个眼壮锦就不见了。

妲布昏倒在大门外。

三兄弟把她扶回来，让她睡在床上。灌了一碗姜汤，妲布慢慢醒过来。她对长仔说："勒墨，你去东方寻回壮锦来，它是阿咪的命根啊！"

勒墨点点头，穿起草鞋，向东方走去，走了一个月，到了大山隘口。

大山隘口有一间石头砌的屋子，屋子右边有一匹大石马。石马张开嘴巴，想吃身边一蔸红红的杨梅果。屋门口坐着一个白发老奶奶。她看见勒墨走过就问他："孩子，你去哪里呀？"

勒墨说："我去寻一幅壮锦，是我妈织了三年的东西，被大风刮往东方去了。"

老奶奶说："壮锦是东方太阳山的一群仙女要去了。她们见你妈的壮锦织得好，要拿去做样子。到她们那里可不容易哩！先要把你的牙齿敲落两颗，放进我这大石马的嘴巴里。大石马有了牙齿，才会活动，才会吃身边的杨梅果。它吃了十颗杨梅果后，你跨到它的背上，它就能驮你去太阳山。在路途中要经过熊熊大火的发火山，石马钻进火里，你得咬紧牙根忍耐，不能喊痛。只要喊一声，你就会被烧为火炭。越过了发火山，就到了汪洋大海。海里风浪很大，会夹着冰块向你身上冲。你得咬紧牙根忍耐，不能打冷战。只要打一个冷战，浪头就会把你埋下海底。渡过汪洋大海，就可以到达太阳山，问仙女要回你妈的壮锦了。"

勒墨摸摸自己的牙齿，想想大火烧身，想想海浪冲击，他的脸刷地青起来。

老奶奶望望他的脸，笑笑说："孩子，你经受不起苦难的，不要去吧！我送你一盒金子，你回家好好过生活吧！"

老奶奶从石屋里拿出一小铁盒金子交给勒墨。勒墨接过小铁盒回身走了。

勒墨一路走回家，一路想："有这一小盒金子，我的生活好过了。可不能拿回家呀，四个人享用哪有一个人享用舒服呢？"想着想着，他就决定不回家，转身向一个大城市走去了。

妲布病得瘦瘦的,躺在床上等了两个月,不见勒墨回家。她对第二个儿子说:"勒堆厄,你去东方寻回壮锦吧。那幅壮锦是阿咪的命根啊!"

勒堆厄点点头,穿起草鞋,向东方走去。走了一个月,到了大山隘口,又遇着老奶奶坐在石屋门口。老奶奶又照样对他说了一番话。勒堆厄摸摸牙齿,想想大火烧身,想想海浪冲击,他的脸刷地青了。

老奶奶交给他一小铁盒的金子。他拿着小铁盒,也和大哥的想法一样,不肯回家,向着大城市走去了。

妲布病在床上,又等了两个月,身体瘦得像一根干柴棒。她天天望着门外哭。原来红红的眼睛,哭呀哭的,就哭瞎了,看不见东西了。

有一天,勒惹对她说:"阿咪啊!大哥二哥不见回来,大约在路上遇到了什么不好的事情。我去吧,我一定要把壮锦寻回来。"

妲布想了一想,说:"勒惹你去吧!一路上留心自己的身体啊!附近的邻居会照顾我的。"

勒惹穿起草鞋,挺起胸脯,大踏步向东方走去。只消半个月就到了大山隘口。在这里他又遇见老奶奶坐在石屋门前。

老奶奶照样对他说了一番话,接着说:"孩子,你大哥、二哥都拿一小盒金子回去了。你也拿一盒回去吧!"

勒惹拍着胸脯说:"不,我要去拿回壮锦!"随即拾起一块石头,敲下自己两颗牙齿,把牙齿放在大石马嘴里。大石马活动起来,伸嘴就吃杨梅果。勒惹看它吃了十颗后,立刻跳上马背,抓住马鬃毛,两腿一夹,石马仰起头长嘶一声,向东方跑去。

跑了三天三夜,到了发火山。红红的火焰向人马扑过来,火烫着皮肤,嗞嗞地响。勒惹伏在马背,咬紧牙根忍受。约摸半天才越过发火山,跳进汪洋大海里。海浪夹着大冰块冲过来,打得勒惹又冷又痛。勒惹伏在马背上咬紧牙根忍受着。半天工夫,终于跑到了对岸。那里就是太阳山了。太阳暖暖烘烘地照在勒惹的身上,好舒服啊!

太阳山顶上有一座金碧辉煌的大房子,里面飘出女子的歌唱声和欢笑声。

勒惹把两腿一夹,石马四脚腾空跃起,转眼到了大房子的门口。勒惹跳下马来,走进大门,看见一大群美丽的仙女围在厅堂里织锦。阿咪的壮锦就摆在中间,大家依照它来学织锦。

她们一见勒惹闯进来,吃了一惊。勒惹把来意说明了。一个仙女说:"好,我们今晚上就可以织完了,明天早上还给你。请你在这等一晚吧。"

勒惹答应了。仙女拿了许多仙果给他吃。仙果味道真好啊!

勒惹身体很疲倦,靠在椅子上呼呼睡着了。

夜里,仙女们在厅堂中挂起一颗夜光珠,把厅堂照得明亮亮的。她们就连夜织锦。

有一个穿红衣的仙女,手脚最伶俐,她一个人首先织完。她把自己织的和妲布织的一比,觉得妲布织的好:太阳红耀耀的,鱼塘清溜溜的,花朵嫩鲜鲜的,牛羊活灵灵的。

红衣仙女自言自语地说:"我若是能够在这幅壮锦上生活就好了。"她看见别人还没有织完,便顺手拿起丝线,在妲布的壮锦上绣上自己的像:她站在鱼塘边,看着鲜红的花朵。

勒惹一觉醒来,已经深夜,仙女们都回房睡觉了。在明亮的珠光下,他看见阿咪的壮锦还摆在桌子上,他想:"明天她们若是不把壮锦给我,怎么办呢?阿咪病在床上很久了,不能再拖延了啊!我还是拿起壮锦连夜走吧。"

勒惹站起来,拿起阿咪的壮锦,折叠起来,藏在里衣袋里。他走出大门,跨上马背,两腿一夹,石马趁着月光,跑了。

勒惹咬紧牙根，伏在马背上，渡过了汪洋大海，翻过了发火高山，很快又回到大山隘口。

老奶奶站在石屋前笑呵呵地说："孩子，下马吧！"

勒惹跳下马来。老奶奶从马嘴里扯出牙齿，安进勒惹的嘴里。石马又站在杨梅树边不动了。

老奶奶从石屋里拿出一双鹿皮鞋，交给勒惹说："孩子，穿起鹿皮鞋快回去吧，你阿咪快要死了！"

勒惹穿起鹿皮鞋，两脚一蹬，一转眼就到了家。他看见阿咪睡在床上，瘦得像一根干柴，有气无力地哼着，真的快要死了。

勒惹走到床前，喊一声"阿咪"，就从胸口拿出壮锦，在阿咪面前一展。那耀眼的光彩，立刻把妲布的眼睛照亮了。她一骨碌爬起来，笑眯眯地看着亲手织了三年的壮锦。她说："孩子，茅屋里墨黑墨黑的，我们拿到大门外太阳光下看吧。"

娘儿俩走到门外，把壮锦展铺在地上。一阵香风吹来，壮锦慢慢地伸宽，伸宽，把几里宽的平地都铺满了。

妲布原来住的茅屋不见了。只见几间金碧辉煌的大房子出现了，周围是花园、果园、菜园、田地、牛羊，跟锦上织的一模一样。妲布和勒惹就站在大房子门前。

忽然，妲布看见花园里鱼塘边有个红衣姑娘在那里看花。妲布急忙走过去问。姑娘说，她是仙女，因为像绣在壮锦上面，就被带来了。

妲布把仙女邀进屋里，共同住下。

勒惹和这个美丽的姑娘结了婚，过着幸福的生活。

妲布又邀附近的穷人也来这个村庄住。因为她在病中，曾得到他们的照顾。

有一天，村旁来了两个叫花子，他们就是勒墨和勒堆厄。他们得了老奶奶的金子跑到城里去大吃大喝。不久，金子用完了，只得做叫花子，乞讨过活。

他们来到这个美丽的村庄，看见阿咪和勒惹夫妻在花园里快快乐乐地唱歌，想起过去的事情，没脸进去，拖着讨乞杖跑了。

199

第十一章 僧人服饰文化及各种织布机简介

《红楼梦》这部书可以说写尽了各种阶层的人物,从四大家族出发,写了从兴盛逐渐走向衰落的贵族子弟,写了皇亲国戚的派头,也写了围绕着他们的那些达官显贵或者是穷亲戚,一场秦可卿出殡的戏,也将平民百姓都写了出来。而特别有趣的是,他写的那些僧道们,不是做荣国公替身,就是认了贾宝玉做干儿子,要不就是家庙里的。但是在这样的僧道文化中,曹雪芹却写了一株青莲——妙玉,她的出身跟林黛玉有些相似,都是千金小姐,都从小体弱多病,都碰到了一个选择,那就是出家来化解自己的病痛。林家的做法是找了替身,哪怕是最后不见效,但是也绝不让女儿出家,而妙玉他们家买了替身没用,就直接让女儿带发修行了。相似背景下的两个人,就连性格也有些类似，妙玉孤傲，林黛玉目无下尘，两人也同样的才高八斗，蕙质兰心。

　　除了妙玉以外的僧道，他们的形象不是不好，就是有些邋遢，而偏偏妙玉，就像她的名字一样，真真就是一块妙玉，是大观园里的妙玉，也是僧道文化中的妙玉。不过可惜的是，书中并未涉及到妙玉的服饰描写，但是87版《红楼梦》却用一件水田衣，将妙玉跟其他僧道一下子区分开来了。我们常见的僧道，穿的多是袈裟、曼青、缁衣、道袍等。水田衣在戏曲中比较常见，是由多块长方形布片连缀而成，宛如水稻田之界画的衣服。大概是紫色、黑色、灰色这三种颜色，也可有别的颜色。

　　也有人将这种水田衣称作百衲衣，其实并不准确，因为百衲衣已经不仅是佛家会用到的衣服了。现在有些地方还保留有这样的习俗，刚有了新生儿的家庭会向邻居或者族人家里讨要一块破布，然后用这块破布缝制成衣服给新生儿穿，这便是百衲衣，也叫作福衣，也有人叫作百家衣。穿百家衣，吃百家饭，是一个很好的意头。

　　不过不管是水田衣，还是百家衣，都跟僧人的"衲衣"有关。这衲衣，其实就是指用别人丢弃的衣服，零零散散缝补出来的一件新的衣服，而这些衣服有的丢弃在乱葬岗，有的丢弃在垃圾堆，也有的丢弃在粪堆上，出家人在捡到这些衣服之后，将这些碎片缝起来作为自己的法衣,所以这样的衣服又叫作粪扫衣。而衲衣的"衲",就是缝补的意思。《类书纂要》云:"衲,补缝也。"衲衣又叫作纳衣、粪扫衣、弊衲衣、五衲衣、百衲衣。"五衲衣",是指由五种颜色的碎布补缀而成之衣;"百衲衣",则指以各色碎布所补缀而成的衣服。

而僧人自称老衲也来源于此,除此之外,僧人还会自称衲僧、布衲、野衲、拙衲等。穿粪扫衣是比丘十二种头陀苦行之一。比丘少欲知足,远离世间之荣显,故着此衣。粪扫衣是就衣服的取材来说的,衲衣是就法衣的制作方法来说的。比丘常自称老衲、布衲、衲僧、衲子、小衲等,僧众呼为衲众,都是取自比丘穿着衲衣之义。《禅林象器笺》云:

> 文字虽出经论,禅僧常着之,故称有衲僧,问有衲衣下事。

据《释氏要览》记载,衲衣的来源一共有五种:有施主衣,无施主衣,往还衣(包死人衣),死人衣以及粪扫衣。第一种就是有人布施,能找到来历的衣服。第二种就是没有来历,也不知道什时候丢弃的衣服。第三种就是包死人的衣服。第四种就是死人穿的衣服，也有可能是血衣。第五种就是粪扫衣。据《释氏要览》记载，粪扫衣又分为五种：道路弃衣，脱厄衣也；粪扫处衣；河边弃衣；蚁穿破衣；破碎衣。第一种为丢弃在道路上的衣服；第二种是被人丢弃在垃圾堆中的破布；第三种是被人丢弃在河边的废弃的布料；第四种是被虫蛀过的布料；第五种是破碎的布条。另一种五衲衣的说法为：火烧衣，水渍衣，鼠咬衣，牛嚼衣，丢弃衣。僧人觉得穿这些衣服能够加持自己，也能够度化世人的厄运，所以他们会穿着衲衣。

早期的衲衣是这样的，但到了后期，僧人的文化制度慢慢形成，对于僧人的服饰也有了规范。比如衲衣，在颜色方面开始有了一定的规定，如衣服上的颜色必须是紫色、灰色、黑色、土黄色、青色等等，不能再跟以前一样，拿到一块布就往自己的衣服上缝制。

在款式方面也有了要求，比如衲衣开始规定用长方形的格子状布料缝制。曼青、缁衣、袈裟等也都有了一定的规定，而衲衣后来也渐渐演变成了现在的水田衣。水田衣在明朝的时候也曾经受到过佛门女性的喜欢，以至于后来，就算不是出家的女孩子，也会穿着水田衣，这时的水田衣也被称作福田衣，被认为能给人带来好运。

介绍了这么多关于服饰的知识，我们再来介绍一下织出这些美丽布料的织布机。

首先是缂丝织机。缂丝机属水平式踏板素织机，有两片综和两块踏板，两片综由对应的踏板独立传动提升，也称单动式双综机，专用于织缂丝织物。最具特色的是以类似于柱子的手木替代一般的打纬工具—筘，并在同一条经线上以专用的小梭分段织出不同色彩的纬线。缂丝织机采用木料制作而成，其结构十分简单、古老原始，可以说是纺织机械的始祖。木机长约2米，高约1.8米，宽约1.5米。宽度较大的缂丝作品需用更宽的木机，一切尺寸以便于人操作和作品要求为准。木机上挂两扇平纹综片，下挂奇偶两个翻头，下设两根脚竿，以上构件控制经线奇偶翻头上下交替分层；前后机身设前卷取轴和后送经轴，前轴为织品的卷取，后轴为经线的卷送；中间设竹筘，竹筘间隙均匀细小，每个间隙穿过一根经线，从而使经线纵向均匀排列。这样的排列顺序有点像我们在工厂里见到的那种流水线的机器，一部部整齐排列。

还有一种织机是上下两层的，必须是两个人才能完成，上面还有一位工作人员在操作，织出来花样的好坏全凭上面的人来把控。

缂丝，云锦，一个富贵，一个素雅，但是它们的制作工艺却有着出人意料的相似之处，都是高危作业，也是需要两个人配合着完成的。与缂丝相比，云锦上面的那个工作人员更加危险，因为机身更加高一些。而且云锦只能用老式的"大花楼木织机"织造，这种织造机体积庞大，长5.6米，宽1.4米，高4米，由1924个机件组成。织造过程必须由"拽花工"和"织手"两人配合完成，两个人一天只能生产5~6厘米，并且至今仍无法用机器替代。

蜀锦使用的是花楼织机，不论从纹样设计、挑花结本到挽花工，还是织工合作生产，一直秉承古老的传统。其后替代传统织锦的有梭机械织机，其技艺原理与之相同。

蜀锦其价如金主要体现在制作工艺上。要完成一件作品，从程序上说，主要需经历初稿设计、定稿、点意匠、挑花结本、装机、织造等几个重要过程。每一道程序又涉及到很多独特的技艺。而我们通常所见的在蜀锦大花楼木织机上的两位师傅（拽花工和织手）只是"台前"人员，而"幕后"许多人的努力和协作也对蜀锦的制作完成起到了重要作用。

用蜀锦大花楼木织机织造蜀锦，拽花工和织手须掌握多种技能。这些古代织造蜀锦的技能令人叹为观止。

除了上述织布机，还有其他的一些织布机。

斜织机是我国最早使用的踏板织机，现已失传。从现存法国的一台汉代釉陶织机来看，当时的斜织机是一种采用张力补偿原理的单综双踏板素织机，此台复原成功的斜织机可能是与汉代技术背景较为接近的踏板织机。

多综式织机是介于多综式腰机和多综式蹑提花机之间的，能用于经棉织制的一种机型。利用多综式织机织制的汉晋时期"王侯合昏千秋万代宜子孙"锦为2002年国家文物局立项科研项目成果之一。

互动式踏板织机采用两块踏板通过互动式提综机构控制两片综，十分简明。此类织机在清代十分流行，是我国民间十分多见的素机机型。

湖州双林绫绢织机是流行于湖州双林的一种水平式小花楼织机，由两人操作。一般以当地生产的上好辑里丝为原料，专用于织制轻薄的绫绢。这种绫绢主要用于中国的书画装裱。

和田织机是目前仍在新疆和田地区使用的传统织机。按花纹设计要求，先将经丝扎染，经丝上机后，由于对色不准而使织出的花纹呈现出参差不齐的效果，形成独特的艾得来丝绸风格。

立织机是与斜织机较为接近的中轴式踏板织机，因其经纱垂直于地面，故又称"竖机"。其形象出现在敦煌五代时期的石窟中，元代薛景石的《梓人遗制》中有较详细的记载，此件立机子即根据文中的记载复原而成。

竹笼机是现用于生产广西壮锦的手工织机，由于其开口提花机构形如竹编的猪笼，故称竹笼机。其特点是以100根左右的提花竹棍（相当于纬线）与吊综线（相当于经线）编成贮存纹样的竹编花本，每织一纬即顺序地按竹棍通过吊综线带动相应的经线开口，织完一梭后，将竹棍转于竹笼后排，继续挑花循环。

云南原始腰机是在今日云南拉祜族山寨里还能见到的腰机遗存，这种悬轴腰机的经轴被高高地悬挂于木屋上部，由绳索、机刀、分经棍、卷布轴等组成。心灵手巧的拉祜族妇女，用这些简单的木棍，挑织出图案绚丽的民族织锦。

以上就是关于红楼服饰知识的全部梳理，以及古代织布机的简单介绍。中国服饰文化博大精深，需要我们用心发掘，而《红楼梦》所展现的服饰文化只是特定时代中一个小小的缩影而已。